Beautiful Chinese

美丽中文

《读者》签约作家美文系列

安宁、包利民 等著

只为这一程璀璨的光阴

成长励志卷

天津出版传媒集团
天津教育出版社
TIANJIN EDUCATION PRESS

图书在版编目（ＣＩＰ）数据

只为这一程璀璨的光阴：成长励志卷 / 安宁等著. —天津：天津教育出版社，2013.12
（美丽中文：《读者》签约作家美文系列）
ISBN 978-7-5309-7488-9

Ⅰ.①只…　Ⅱ.①安…　Ⅲ.①散文集—中国—当代
Ⅳ.①I267

中国版本图书馆CIP数据核字（2013）第296374号

只为这一程璀璨的光阴

出 版 人	胡振泰
作　　者	安宁、包利民等
选题策划	杜　平
责任编辑	王剑文
装帧设计	张丽丽
出版发行	天津出版传媒集团 天津教育出版社 天津市和平区西康路35号　邮政编码　300051 http://www.tjeph.com.cn
经　　销	新华书店
印　　刷	唐山天意印刷有限责任公司
版　　次	2014年1月第1版
印　　次	2014年1月第1次印刷
规　　格	32开（880毫米×1230毫米）
字　　数	135千字
插　　页	2
印　　张	7
定　　价	21.00元

目　录

段奇清

姜钦峰

矫友田

安　宁

本名王苹，巨蟹座女子，80后人气作家，《读者》等多家期刊签约作家。生于泰山，读于北京，居于青城。外语学士，文学硕士，电影学博士。曾任中学外语老师、出版社编辑，现为内蒙古大学艺术学院影视戏剧系副教授。文风犹如个性，兼具柔软温情与犀利幽默。已出版长篇小说与作品集二十一部。代表作品：《蓝颜，红颜》《试婚》《聊斋五十狐》《呼伦贝尔草原的夏天》《笑浮生》。曾获2009年度冰心儿童图书奖、2009年度北京市政府优秀青年原创作品奖等多种奖项。

蝉蜕·疼痛

年少的时候，最喜欢做的事，便是在知了没有蜕皮之前，将它们捉了来，放入罐头瓶子里，在夏日夜晚的灯下，大人们都睡熟的时候，悄无声息地看那个瓶中的小虫，怎样静静地趴伏在光滑的玻璃上，开始它一生中最重要的蜕变。

这样的蜕变，常常是从它们的脊背开始的，那条长长的缝隙，裂开的时候，我几乎能够感觉到它们的外壳与肌肉之间撕扯般的疼痛，它们整个的肉身在壳中剧烈地颤抖、挣扎，但却没有声息，我只听得见老式钟表在墙上发出滴答滴答的响声，蝉细细长长的腿扒着光滑的瓶壁，努力地，却又无济于事地攀爬。那条脊背上的缝隙，越来越大。蝉犹如一个初生的婴儿，慢慢将新鲜柔嫩的肌肤，裸露在寂静的夜里。但我从来都等不及看它如何从透明的壳里，如一枚去了皮的动人柔软的荔枝，脱颖而出。我总是趴在桌上迷迷糊糊地睡去，及至醒来，那只蝉早已通身变成了黑色，且有了能够飞上天空的翼翅。

因此我只有想象那只蝉在微黄的灯下，是如何剥离青涩的壳，为了那个阳光下飞翔的梦想，奋力地挣扎，蠕动，撕扯，应该有分娩一样的阵痛，鲜明地牵引着每一根神经。我还怀疑它们会有眼泪，也会有惧怕和犹疑，不知道褪去这层壳，能否有想要的飞翔，是否会有明亮的歌声。我还曾经设想，如果某一只蝉，像年少的我一样，总是害怕大人会发现自己想要离家出走的秘密，因此惶恐不安地在刚刚走出家门时便自动返了身，那它是否会永远待在漆黑的泥土里，一直到老?

但是这样的担忧，永远都不会成真。每一只蝉，都在地下历经十年的黑暗，爬出地面，攀至高大梧桐或者杨树上的第二天，为了不到三个月的飞翔之梦，便褪去旧衣衫一样，从容不迫地将束缚身体的外壳，弃置在树干之上。

这样振翅翱翔的代价，如果蝉有思想，它们应该明白，其实称得上昂贵。但是每年的夏日，它们依然前仆后继，义无反顾，就像每一个不想长大的孩子，最终都会被时光催促着，从视线飘忽不定、局促慌乱，到神情淡定自如、从容不迫。而这样的成长，其中所遭遇的疼痛、留下的伤痕以及外人永远都不能明白的苦楚，全都化作沙子，生生地嵌入贝壳的身体，而后经由岁月，化成璀璨的珍珠。

而今我的“90后”的弟弟，历经着“80后”的我，曾经历经的一切惶惑与迷茫。他在一所不入流的职业技术学院，学一门连授课的老师都认为毕业后即会失业的技术。他从乡村进入城市，被周围穿着时尚的同学排斥；他的那些自己尚且找不到出路的“80后”老师，根本连他的名字都记不住。他出门，被小偷尾随，抢去了手机；为了可以重新购买一个新的，他省吃俭用，从父母给的生活费里硬挤，却在一个月后，因过分节食而不幸病倒，只去医院就花去了几百。他在南方那个没有暖气的宿舍里，向我哭诉城市人的冷眼和没有朋友的孤单时，却没有换来我的任何安慰，因为，我也正在为工作和论文而躁乱焦灼。

其实我一直认定，他在走出家门独自面对那些纷争、喧哗和吵嚷时，自有一种柔韧的力量，可以让他在外人的白眼、嘲讽与击打中，挣脱出来，就像一株柔弱的草，能够穿越冷硬的石块，甚至是坚不可摧的头骨。他或许为了获得一份真情，或者一碗粥饭，而抛弃昔日宝贵的颜面。或许这样之后，依然一无所获，但是这样的代价，犹如蝉蜕，除非他一生都缩在黑暗的壳里，否则，必须要无情地遭遇。

我知道而今的他，依然不能够原谅我的冷淡与无情。他一次次希望能够从我这里，得到慰藉与帮助，可是我却置之不理，又假装对他的疼痛一无所知，毫无感触。可是我也知道，当他从那所名不见经传的学院里毕业，在社会中几经碰壁，受尽冷遇，然后终于寻到一份适合自己的工作的时候，他会明白我昔日的种种淡漠，不过是为了让他，在从校园到社会的这一程行走中，能够提前习惯这个俗世总是不能如意的温度。

这样的习惯，便是疼痛的蝉蜕。代价，永远都不能逃离。

嘲讽过处是花香

大约很少会有人，在漫长的一生中，不曾历经嘲讽、挖苦和击打。总有那么一些人，他们不喜欢你，或者嫉妒于你，再或天性自私，心胸褊狭，为人尖刻。所以假若你做错了什么，成就了什么，或者生出一些在外人看来遥不可及的梦想，他们刻薄的言语，便会一盆脏水一样，朝你无情地扣下来。正在从容行路的你，被这样污秽的言语泼将过来，一个趔趄，便跌倒在淤泥之中。

或许你被击打得再也没有了爬起的力量，于是待在那摊泥里，郁郁终生；而隐在阴暗处得意嘲讽你的人，则看着你脸上的泥灰，嘻笑两声，便扬长而去，自此再不来围攻你这失去了斗志的敌人。

或许你会艰难地爬起来，而且第一个念头，是想要破口大骂，将同样肮脏的叫骂，还击给对方。你满腔的怒火，化作子弹，嗖嗖地飞向那些四面八方袭击你的人。你试图以一人之力量，对抗周围之嘲讽，可是最后，却发现所有一切，越描越黑，远远脱离了你想要挽救自己声名的初衷。而且你的愤怒，招来更多人的围攻，有青葱少年，也有秀美女子，还有睿智老人，许多人都曾与你熟识，或者对你充满了仰慕；他们看你陷在一摊烂泥之中，口吐着毒蛇一样的火焰，都纷纷摇头，劝你两句，或者直接退出关注你的人群。

所以这一场闹剧之后，你发现一切都不复从前。挖苦你的那些人，原本是出于嫉妒，想要看你笑话，结果你果真地上当，咬住那垂下来的不怀好意的诱饵，便爬了上去。等到想起自己正行的路，低头却看到那艘载你前行的小舟，早已经无声无息地漂走。而你急吼吼的模样，也让许多关爱过你的人失望，并放弃了你，再不回来。

几年之后，你也许功成名就，回首看到那曾经的一场争斗，自己都觉得可笑。因为，击打你的人，早已不知去向；你与他们，不过是路人甲和路人乙，各自行路，偶尔擦肩，碰了彼此；再或他们眼瞅着你行路太快，又满身光芒，抢了他们的风头，所以嫉恨于你，但终究还是跑不过，所以只能恨恨而去，任你踌躇满志。

也许你依然是一个素常之人，不曾大红大紫，也不曾实现昔日激情之时许诺的理想。你在油盐酱醋之中，变成屋檐下一只啁啾的小鸟，每日为能够享受煦暖阳光、丰美食物和天伦之乐而觉得内心安稳幸福。此时你再想起旧日愤慨时光，便会莞尔，原谅自己的血气方刚和青涩稚嫩，想着假若被他们击败，自此跌倒，终生郁积在怨愤情绪之中，那岂不是失去了此时云淡风轻的美好？

你不知道那些曾经试图阻拦过你的路人，他们被时光的洪流渐至淹没，对你无可匹敌的成就，再也没有力气嘲笑击打，只能尽力仰望，方能看得到你胸前那粒闪闪发光的纽扣。或者你们彼此，根本不记得曾经有过那样一场争战，当年的烟尘，早已化为灰烬，你们重新成为互不相识的陌客。

但也有时候，你不知道，那些泼下来的冷水，反而冲洗了你一路的征尘，让你从得意和放纵之中，清醒过来，朝着那想要的方向，愈加快速地一路飞奔。或者，它们掀起的一股巨浪，不仅没有将你的小舟翻倒，却是成了一股巨大的推力，助你勇敢跨越危险的暗礁，或者险滩，行至那开阔的海面，看到之前无法奢望的风景。

所以人生的途中，大可不必为时常飞来的石子、沙尘、白眼以及草屑而烦恼，那不过是行走中的常态。爬起来，朝路人笑笑，自我解嘲，说，不过是想要吻一吻鲜泥，嗅一嗅花香。

一颗心，如此沉静安然，方会品到生之甘洌甜美。

多年之后时光会给我们宽容

我在校园的食堂里，遇到了他们。

是新生开学的时候，食堂里挤满了来送学生的家长。橱窗里的菜，以不同的价格，或卑微或高傲地摆放着，等人来买。就像那些在餐桌旁，或惶恐或骄傲地坐着，等父母打饭来的学生。小炒的窗口旁，早已被围得水泄不通，订单已经增至一百多个。中高价位的菜前，同样是人满为患。几乎每一个家长，在这时都出手大方——长途跋涉这么久，慰劳一下孩子与自己，理所当然。所以低价位的菜前，除了一些学生，倒是少见家长光顾。

我在高价菜的窗口，看到一个面容憔悴苍老的男人。他挤在一群西装革履衣着光鲜的父母们中间，一脸拘谨地，看着一份份的菜价。他的视线，在菜价表上，来来回回地，看了很久，最终，他指指一份鸡腿，对服务生，小声又坚定地说：“要这份。”服务生习惯性地在喧哗声中，高声问他一句：“您要几个鸡腿？”男人脸微微地有些红：“只要一个。”话音刚落，习惯了看菜给脸色的服务生，啪地就将一根瘦弱的鸡腿，盛进盘中。

男人端着这一根鸡腿，又沉默迅疾地挤进另一个窗口。我买了一份牛肉黄瓜，闲闲地溜达着，在人群里逡巡着寻找空的座位。终于在一个角落，找到了位置。我的对面，坐了一个小痞子似的男生，一身韩式打扮，戴着耳机，听的一定是 hip-hop，否则腿脚不会那么神经质地，剧烈抖动着，犹如得了抽风。他的面前，满满当当的，全是菜：一份排骨，两个鸡翅，三根羊肉串，一个汉堡，外加一杯牛奶和一瓶可口可乐。这个歪戴着帽子的小男生，像一个被宠坏了的孩子，将几个盘子，铺排得满桌都是，差一点儿，就将旁边一个衣着素朴、视线飘忽的小女生，给挤得没有了位置。

女孩儿却似乎对于他的霸道，毫不介意，只将眼神投向窗口拥挤的人群里去。看她与大学校园不匹配的衣饰，和略略拘谨无措的表情，我便知道，这定是一个刚刚来大学报到的新生。

片刻后，那个买鸡腿的男人，便朝这边走过来。当他端着一份土豆丝和一份豆芽，坐在我身边，并将鸡腿，放在女孩儿手边的时候，我这才知道，原来他们是一对父女。对面的小男生，津津有味地品着一根羊肉串，嘴里发出有节奏的声音，似乎，美食在他，也是一种音乐的享受。

身边的男人，一直都没有话，只慢慢啃着一个馒头，夹少量的菜吃。有时候，他会将一口馒头，掰下来，放到菜水里，蘸一蘸，而后很香地嚼着。那根鸡腿，女孩儿一直没有吃。男人终于开了口："凉了就不好了，赶紧吃吧。"

就在这时，女孩儿突然站起身，朝人群里走去。几分钟之后，她端来了一大杯扎啤，羞涩地放到男人的手边，说："爸，喝吧。"说完，又将那根鸡腿，用手，认真地撕成一小片一小片，并把其中的一半，放到男人的面前。

男人在女孩儿温暖的动作里，端起酒杯，一口喝掉一半。他黑瘦的脸上，因了这喝下去的酒，即刻有了一抹慈爱的红光，亮堂堂地，将女孩儿环绕住。

我对面的小男生，将营养与质量，皆大于这对父女午餐的东西，津津有味地全部消灭干净的时候，女孩儿细细拆开的那根鸡腿，还在盘中，剩了一半。小男生推开碗盘，吹着口哨，趿拉着拖鞋，走进餐厅外的阳光里去，而我，不知为何，瞥见那一堆横七竖八的骨头，心里，却浮起些微的忧伤。

我端起碗盘，起身要走的时候，看到女孩儿，细心地拿出一小片纸，将男人滴落在衣服上的一滴菜汁擦去。男人微微笑着，说："不碍事，你把那几片鸡肉，快吃了吧。"女孩儿这次很温顺地，轻轻"嗯"一声，夹起鸡肉，很香很香地嚼着。而男人，也端起酒杯，红光满面地，将最后一口酒，全都倒入肚中。

走出餐厅的时候，我又回头，看他们最后一眼。这一次，我瞥见，原来餐厅里，有许多对这样的父女、父子，或者母女、母子，他们与许多年前的我与父亲一样，来自偏远而贫瘠的山村，在火车刚刚驶入北京这个城市的时候，心里便开始慌乱，手足无措，并有微微的胆怯与自卑。我无法准确地预测这些来自乡村的孩子的未来，但我却从自己从容不迫、自信勇敢的脚步里，知道，时光终会宽容地将他们拉上列车，与一批又一批的城市孩子们一起，去更远的地方，看更开阔的风景。

就像，许多年前，我与那个女孩儿一样，为卑微的父亲，在食堂里，打了一杯自己都没有品过的可乐的时候，怎么也不会想到，而今的我，站在人群之中，可以有如此明朗澄澈的笑容。

窥见你粗粝成长的弧度

朋友拍摄短片，我过去帮忙，给他挑选演员。是一部关于小孩子的电影，所以我们在一所中学门口，摆出星探的Pose，等着放学铃声响起，从水一样泄闸而出的“90后”里，挑选那些适合于不同角色的演员。

我们很快从一群有着叱咤风云举止的男孩子中，锁定了一个目标。是一个神情淡漠懒散的男生，书包的带子，快要耷拉到地上去了，却还是不知不觉，一个人兀自向前走着，有不合群的孤单与骄傲，像极了朋友剧本里写的一个单亲家庭出来的男生。

我穿过重重的人群，将他及时地拦截在门口。他刚刚跨上单车，一只脚还踩着地面，看见我一脸的微笑，便停下来，按一下铃声，代替他想要说的问题。我像个骗子一样，拿出朋友的名片和剧本简介，说：“我们要拍摄一个短片，想找演员，觉得你合适，不知你有没有兴趣。”他将名片随意地丢在车筐里，而后淡淡扫了一眼剧本的名字和内容简介。我很想知道他何时能够给予我们回复，他却没有成人的客套，只用一贯的慵懒的语气回复我说：“我看看再说吧。”说完也不等我闪身让路，便绕过我，吹了不知名字的口哨，混入人群之中。

就在我和朋友对这个干什么事情似乎都不会起劲的“90

后”小男生失望的时候，他突然打电话过来，也不问我们是否已经招满了演员，一副知道我们在等着他的样子，说，已经想好了，答应出演我们需要的那个角色。

我有些为朋友担心，将这样一个重要的角色给这个明显没有团队精神的男生，是不是一个失误；假若他拍了一半，便任性不再来演，或者即便是参演，也漫不经心，那该如何是好？这种小男生，明显是不会对任何人胆怯，或者听从于任何人的使唤的。朋友却摇头，笑说：“我看未必。”

短片很快进入了拍摄。无事可做的午后，我偶尔去探班，会看到那个被朋友叫做阿三的男生，在默记着台词，或者一个人对着镜子，排演着即将需要拍摄的情节。相对于其他男生的吵嚷与喧哗，他的安静，有着让人觉得不可接近的距离感。我很难想象朋友一遍遍要求他将同一句话，在镜头前，重复说上二十遍，他却可以始终没有一声抱怨，也没有另外一些男生那样，摔掉台词本，转身就要走人。

我记得完整地看过其中一段影片的拍摄。讲的是阿三所处的小团体为了各自的利益，牺牲了其中一个朋友的声名，导致这个男生被学校开除。阿三在洗手间里，朝这些所谓的哥们儿吼叫。不知何故，我与周围的人皆觉得阿三已经演得足够地投入，嗓子都几乎哑了，但朋友始终觉得缺少了几分的疼痛感，于是便让阿三一次又一次地重复着。最后，这一个短短两分钟的镜头，竟耗费了一下午的时间才最终通过。拍摄完毕的时候，周围的人皆一脸鲜明的怨恨，说明明没有必要拍摄这么多遍，差不多就可以了，又不是去拿什么国际大奖，不过是一个二十分钟的短片罢了。

而作为这场戏主角的阿三，却在散场后，用仅剩的一点力气，嘶哑着嗓子，问朋友他是否是一个合格的演员。朋友像一个大哥，拍拍他瘦瘦的肩膀，说："阿三，你是我遇到的最棒的演员，真的。"我在这句话后，看到阿三微笑着，躺倒在地上，闭上眼睛，竟是片刻，便起了轻微的鼾声。

16岁的阿三，和电影里的角色一样，出身于单亲家庭，父母各自有了新的归宿。他在母亲的新家里，有无所适从的恐慌。他用冷硬的表情，和轻狂的举止，掩藏住内心的孤单与对温暖的渴求。而一眼看穿了他的伪装的朋友，则用不着痕迹的关爱，让他慢慢地褪下那层坚硬的外壳，将一颗被冰冻了许久的热烈的心，捧出来，给值得他付出的人看。

短片剪辑的第一个版本出来的时候，我过去看。在黑暗的小小的放映室里，我在屏幕上又看到那个已经许久没有遇见过的阿三，他的第一个镜头，竟是面对着镜头微笑的特写。那样浅淡的笑容，因为近到可以触摸，隔着时空看过去，总感觉有一丝的疏离。他原本应该满不在乎，应该在排练时跟朋友耍小孩子脾气，应该迟到早退，应该对微薄的报酬斤斤计较，应该嘻嘻哈哈，应该得意忘形……这些才是"90后"的阿三，所应具有的态度和表情。

但我还是从这样少有的微笑里，看清了这个小男生，在左冲右突的青春烦恼里，隐藏住的柔韧的光华。是这样的温度，让他于最叛逆的少年时光，可以如一株山野里的柏树，或者梧桐，旁若无人地生长，一直将那稚嫩的枝条，冲出藤蔓的缠绕，或者其他枝杈的阻碍，成为那插入蓝天的张扬的主干。

而这，便是像阿三一样孤单的少年，成长的粗砺的弧度。

那些列队行过的伤害

大学毕业的时候去一家单位应聘。领导看看我的简历，不咸不淡地说一句“还挺优秀”，便将我的材料压在一大摞文件下。在这个城市无依无靠的我，那时一心一意地认定，只要我可以执着地表明我对这份工作的热情，让他们相信我完全能够胜任这份工作，那么，我便一定可以获得我想要的未来。

被这样的信念支持着，我带着十二分的小心和尊敬，再一次敲开了那位领导的门。领导看见我进来，将正端着的一杯茶啪地放在桌子上，不耐烦地说道：“没看见我正忙着吗，来之前不打电话，有没有一点礼貌？赶紧出去！”我的脸，腾地红了，站在门口，竟然不知道该如何退进。最后看那领导铁青的脸，为了找寻一碗粥喝，我强迫自己丢下颜面，轻轻道一句“抱歉”，掩上门，在走廊里等着他忙完再招我进去。

走廊里时不时地便有人经过，好奇地看我一眼。那时的我，在别人的注视下，感觉像是回到了很多年前：在小学里，因为做错了事，或者背不出课文，而被老师罚站。正是初春，走廊的一扇窗户没有关严，风呼呼地灌进来，将我被一副遭人不屑的躯壳包裹着的心，冻到疼痛。

不断有人敲门进去，朝那个领导汇报工作。而他，一次次瞥见站在门口的我，却是假装什么都没有看到，照例不紧不慢地听取着工作总结，翻阅着公文；间歇，也会开门走出去，到洗手间方便。可是即便是擦着我的肩膀，他的视线，也始终是傲慢的。我在他的眼中，不过是门口的一点垃圾，或者玻璃上的一抹尘灰，只要昂着头走，完全可以视而不见。

他终于在快要下班的时候，“看到”了我，说：“过几天再来看看消息吧，虽然你很优秀，但我们也要经过讨论才能最终决定。”说完他便将最后一口茶喝进口中，又噗一下吐出一片茶叶，就像将我被他贬损过的心，吐掉一样；而我，在他这样的轻慢里，终于明白，一份求来的前程，无论如何光鲜耀眼，都是不值得走下去的。

又想起读大学时一个曾经的朋友。彼时我与她情同姐妹，凡是在街上遇到喜欢的衣服或者首饰，我一定会买两份回去，双胞胎似地与她穿出去张扬。我为了她，甚至冷落掉了自己的爱情。

大三的时候，学院里要向学校推荐一个人，参加全省优秀学生干部评选。我与她，作为学院里的活跃分子，同时被老师们选中。但名额有限，只能选择其一。最后学院领导决定，通过学生公投的方式，由选票来决定最终人选。

那一段时间，她对我的态度，突然地变得很微妙。人前她依然与我嘻嘻哈哈，形影不离，似乎什么都没有发生过。她还开玩笑似地说，全校只有我才有资格参加这场全省的角逐，至于她自己，甘愿当一片安静的绿叶，陪衬在我这朵芬芳花儿的周围。我一度被她这样的话感动，想着即便最终选定的是她，我一定不会有丝毫的遗憾与嫉妒。

可是我并不知道，她转过身，便背着我，开始悄无声息地在人群中拉开了选票，还用小小的手段“贿赂”老师，甚至，不惜在学院领导们面前，说我在工作中的种种失误和缺陷。

如果仅仅这样也就罢了，让我没有想到的是，她竟然跑到我的面前，甜言蜜语地说，她决定不参加什么劳什子投票选举，让老师们直接将我的名字报上去，所以，我也不用费力去在老师和同学们面前刻意地表现什么。我几乎是感动得流出泪来，抱住她说，不用她让给我，只要她有这份情谊就够了；我要和她公平地竞争，如果哪个通过了，另一个必须请对方去吃哈根达斯。

这句话的温度，还没有在我心里完全地消失，结果便出来了：她的票数，高居榜首；而我，则被远远地甩在了后面。当天晚上，便有一个老师，无不遗憾地说：“其实论能力与人缘，你在她之上，不知为何你竟然没有像她一样紧锣密鼓地在下面‘活动’。你可知道，为了拉选票，她还请了老师们吃饭呢。”

我记得自己的心，彼时犹如被一把刀子无情穿过，剧烈的疼痛，几乎将我彻底击倒。这样的疼痛，一直到毕业来临，我们形同路人各奔东西的时候，也没有消散。

几年后在社会中摸爬滚打，再回头，看到那些外人给予的伤害，印刻在岁月磨砺过的肌肤上，竟是生出感激；记忆的手指轻轻抚过，有微微凸起的疤痕，却再也没有了曾经钻心刺骨的疼痛。

我知道这时的自己，已经足够地成熟，可以从容地面对，那些尘世中列队般行过的伤害。正是它们，让我的生命，有了最柔韧动人的姿态。

只为这一程璀璨的光阴

亲爱的弟弟，不知我走的时候，放在床头的那封信，你究竟是漫不经心地看过便丢在一旁；还是在一丝丝愧疚的牵绊下，拿起床头的书，认真地读上几页？我已经远在北京，看不见此刻的你，是否又回到昔日散漫不羁的生活，怀着那么一点点的侥幸，继续在高考前的时间里清闲游走。

或许你会认为，我熬夜写出的五千字的信，于你，不过是一堆于事无补的说教。你有你混日子的理由，你会像讲给没有文化的父母那样，讲给我这个硕士毕业的姐姐，说，你们学校不过是所不入流的高中，有最纨绔的子弟；几乎每天都有人打架，甚至连你这样中规中矩的学生，毫无理由地，就会被校园里的痞子们截住，挨一通嘲弄。或许你也会让我上网查询去年你们学校的高考升学率：百分之九十的学生，都是通过艺体类考试，走进了大学。而我当初阻止了你读艺术类学科，也就基本上阻止了你通往大学的路，因为，基本上，除去艺体类考生，只有十个左右的学生能够考上大学，而排在二十名之后的你，当然是希望渺茫。况且，你们学校的传统是，在高考来临之前，便将考学无望的学生，像残次品一样，全部处理掉，要么去学技术，要么进工厂，要么自寻出路。

在这样差的高中里，你除了一天天地熬下去，熬到高考过去，那一张薄薄的毕业证发下来，还能去做什么？

更让你理直气壮地将学业荒废掉的，是而今实行的素质教育。你们终于可以不用补课，不用上晚自习，不用在漆黑的夜晚飞快地朝家中赶，遇上雨雪天气，还要溅一身晦气的泥浆。而今，你们只需在夕阳下，背起书包，说说笑笑地走回家去。书包很轻，里面有同学间彼此交流的时尚玩意，也有给女孩子写了一半的情书，但唯独没有老师留的累赘的作业。这样一身轻松地回到家中，若饭还没有做好，恰好可以打开电视，看一段娱乐新闻，或者赏半集电视剧；再或者，偷偷溜出去，在网吧里跟新交的网友说几句话。这样的夜晚，再不像往昔那样度日如年，一本杂志，两本小说，三四句闲话，五六个哈欠，便轻而易举地打发掉了。没有老师的监督，你，完全是一只自由的鸟儿，可以放任自己在大把的时间里，幸福地遨游。

可是，亲爱的弟弟，这样的幸福，于高二已经快要结束的你，究竟还能有多少？你所谓的理由，不过是为你想要逃避这一段艰苦学习的岁月，所做的最拙劣的注脚。而我想要说的是，即便你们学校差到只有一个人能够考上，你也有为之奋斗最后一年的理由。再好的学校，也有神色黯然的落榜生；再差的学校，也有站在领奖台上的成功者。而你，又为何过早地将自己打入毫无希望的深渊？我并不是认定，高考是你唯一的出路，可是，假若一个人连青春里这第一场战争，都不愿意迎接，那么，你所谓的毕业后去独闯天下，岂不是一句可笑的空谈？我所要求的，不是你能考上哪一所大学，我只是希望，在你十八岁之前，能有那么一段意气风发、勇于拼搏的岁月。而这一段时光，不管结局是美好还是黯淡，在你人生的长河里，都必定会熠熠生辉。没有人能够否认，这段埋头苦读的青春，回望的时候，会绽放出最粲然的花朵。

请你尝试着，一点点地改变。哪怕，只是在放学的路上，边欣赏两边的风景，边记下卡片上的几个单词；哪怕，你将电视，自觉地换到英语学习频道；哪怕，你克服掉自己心中的障碍，开口向比你成绩好的同学求教；哪怕，你能把起床后洗漱的时间，节约上短短的五分钟，而后将这些零敲碎打的时日，换成朗诵一篇散文，读解一道习题，探究一种生物，或者，只是给父母说一句安慰的话。

是的，因为你一直以来的不上进，父母几乎对你完全失望；他们不知道如此游荡到毕业的你，究竟能够有怎样的未来。当我因为对你荒废光阴的气愤，而在母亲面前脱口而出，不要指望我能够为你提供怎样的便利时，她竟是背过脸去，哭了。父母一直都希望，走出小镇的我，能够在打拼出属于自己的一片天空的时候，亦能顺便，为你遮一小片绿阴。我无法说服他们，无论我飞得如何的高，都始终无法代替你，走一生的路途。但我依然要在这里，无情地提醒你，此生，我是你的姐姐，但你永远都不要奢望，走出去的我，会像父母一样，为你二十岁以后的人生，奔前走后，力尽筋疲。我只会站在最关键的十字路口处，为你指明那最通达的一条，就像此刻，我尽着一个姐姐所应该尽的职责，写这封信给你。

亲爱的弟弟，其实，你和我，是一样的孩子，曾经在父母的唠叨里，有想要离家出走的冲动；也曾经为买不起一件衣服，而羞于在体育课上张扬；又曾经在十八岁的路口上，犹豫且失落。但，不同的是，我的每一步，都走得结实且稳健；我知道自己唯有走出小镇，才能得到自己想要的未来；

我知道大学能够提供给我，更明亮的一扇窗户，从那里，我可以看得更远，视线，亦可以飞得更高。

而你，亲爱的弟弟，能否像曾经的我一样，背负起行囊，执着地向前，只为这一程，璀璨的光阴？

包利民

黑龙江人，专栏作家，《读者》《青年文摘》《意林》《格言》等期刊签约作家，畅销书作家。黑龙江省作家协会会员，教育部“十一五”课题组文学专家。已在海内外各大报刊发表文章近万篇，获各级奖项若干，千余篇文章入选各类丛书，有文章入选小学语文教材，多篇文章入选高考和中考语文试卷。已出版《当空瓶子有了梦想》《一朵花开的时间》《一条鱼眼中的海》《不能跳舞就弹琴吧》《给星星找片夜空》《低头见花》等十余部作品。

美丽的心灵也是特长

有个女孩儿长得很平凡，学习也很一般，歌唱得也不好，更不会跳舞。她经常看着镜子中的自己叹息，恨上天对自己的不公平。升入中学后她更加沉默，看着别的同学又唱又跳，口才也那么好，她总是躲在角落里用自卑把一颗心紧紧地困囿住。

她学习很努力，成绩却很一般，为此她不知偷偷哭过多少次。班上的同学没有人注意她，下课时别人都去操场上玩儿了，她便去把黑板擦得干干净净，把地面扫得纤尘不染。夏天时，她细心地在地上洒上水；冬天时，她把门口和教室里大家带进来的雪扫净，免得同学们进来时滑倒。没有人注意到她所做的一切，她也不想让别人知道，只是觉得自己应该这么做。

可是有一次同学们却都注意到了她。那天她迟到了，当她来到班级时，班主任的课已讲了一半。当她怯生生地喊了一声“报告”走进教室，同学们的目光都投到了她身上，随即教室里响起了一阵笑声。原来她的衣服很零乱，头发也梳得不整齐，一看就知道是起晚了胡乱穿上衣服就赶来了。她低着头站在那里眼泪都快流出来了，班主任老师走过去帮她整了整衣服，微笑着说：“快回到座位去吧，课已讲了一半了，如果听不明白下课后找我。”她回到座位上，脸红红的。

有一次开班会，老师让大家说一下自己的特长。于是每个人都兴奋起来，轮流发言，有的唱歌好，有的跳舞好，有的会书法，有的能画画，有的会弹钢琴。她坐在那里静静地听着，脸上带着羡慕的微笑。忽然，老师叫了她的名字，她一惊，红着脸站起来小声说："老师，我没有特长。"老师走到她的身旁，轻轻地抚摸着她的头，对大家说："你们也许不会注意到，平时是谁在课间把地面扫得干干净净，是谁每天早早地来到教室把每张书桌擦得一尘不染。这就是艾珂同学，她一直默默地做着这一切。有一次她迟到了，你们还嘲笑她，你们知道那次她为什么迟到吗？她帮一位老大妈把一袋大米搬上了四楼啊！你们一定奇怪我是怎么知道的，那个老大妈就是我的邻居啊！同学们，你们都有各方面的才华，艾珂同学却没有，可是她有一颗美丽的心，美丽的心灵也是特长啊！"教室里响起了一片热烈的掌声，大家第一次发现，这个平时没人注意的女孩儿原来竟是这样美丽。

如果你没有出众的容貌，美丽的心灵会让你同样出色；如果你有美丽的容颜，善良的心能让你锦上添花。美丽的心灵是任何东西都无法取代的特长，所以平凡的你不要再去自卑，你的特长会映亮你生命中的所有黯淡岁月。拥有一颗美丽的心，就一定会拥有一个无怨无悔的青春！

我可以为你弹钢琴

一直以来，在网上认识的朋友不是很多。却有那么几个，给我印象极深刻。有一个小女孩儿，刚上高中，由于考试的阅读题中选了我的文章，便加了我为好友。她常和我探讨一些作文和阅读方面的问题，本来我打字速度很快，一般人还跟不上我的聊天速度，没想到她竟能轻松和我说话，不用我等太长的时间。

这个孩子叫骆婷然，有时候我会问她，高中学习那么紧张，怎么总有时间上网？她告诉我，她没有住校，是校长特批的，在家里写完作业就上网看看。她还说功课没什么难的，不用那么费力去抠。这个孩子，确实有些特别。有一次，她给我讲学校开运动会的事，班上的女生基本没报什么项目，她却报了好几项，都是跑步类的。虽然没取得名次，却是很高兴，她认为自己做到了别人不能做到的。而且，在比赛中，她还跌倒了一次。她兴奋地说："我跑的时候，大家全都鼓掌给我加油，我摔倒了，许多人跑过来搀扶我，他们对我都很好！"

有一个晚上，婷然呼叫我，很着急，以为她有什么事，不想她却问："老师，刚看了你写的一个故事，和拥抱有关的，就是那个画国画叫邓晓沫的女孩子，是不是真的呀？"我告诉她当然是真的，她似乎很是释然地说："我觉得也是真实的，这么美好的故事，要是编出来的，你在我心里的形象就全毁了！”我愕然，没敢去问我在她心中是怎样的形象。她很欢快地说：“为了你没让我失望，我奖励你，让你看看我的样子！”于是开了视频，只看到婷然微笑着的脸，很可爱的一个孩子，眼睛大大的，只是脸很瘦。我听得见她劈啪的打字声，竟是快得不可思议。

我们在相邻的城市，婷然常说：“等放假了，我去看您！”我说：“算了，你家里人还能放心让你出来？再说，你出门也不方便，学习还那么紧张！”她很是骄傲地说：“我可是自己去过不少地方的，最远到了省城呢！”还是一个很好强且独立的孩子，认识这么久，还真没见她有过愁苦郁闷的时候。有一次我实在忍不住问她：“你打字这么快，是怎么练的？”她有些得意地说：“只要付出比别人多，就可以练出来呀。你以为只有你能打那么快、我就得拿拼音去抠啊？”我问：“那你还练过什么？”她那边似乎沉默了一会儿，竟打了电话过来，声音很轻很俏皮：“我练过的东西多着呢！比别的同学练得都多。不过，我从没给别人展示过的，是弹钢琴！要是能见到你，我一定会给你弹首曲子！”

后来却真有了见面的机会。那一次恰好去婷然所在的城市办事，之前她就打电话给我，让我到了一定要联系她。于是去学校找她，她见了我很是惊喜的样子，她的个子比我想象中要高一些。她立刻和老师请了假，带我去她家。她父母都在，很和善的一对夫妇，提起女儿，眼中有说不出的骄傲。闲聊了一会儿，婷然说：“老师，我答应过要给你弹琴听的！”她快速地蹬掉鞋袜，坐在钢琴旁高高的椅子上。很快，美妙的音乐便流淌出来，直流入我感动的心里。

无论是钢琴前的椅子，还是电脑前的椅子，都比正常椅子稍高一些。在前面的扶手上，横架着一根圆木棍，婷然的腿就搭在木棍上。她用自己双脚的十根脚趾，完成着别人无法想象的一切。看着她弹琴的样子，我的眼睛有些湿润。在这个失去双臂的小女孩身上，蕴含着一种让人心里暖暖的力量，如清泉悄悄浸润，让生命中满是春暖花开。

如果哭，请痛哭

去一所私立中学看望一个亲戚家的孩子，正是上课时间，走在教学楼的走廊里，每一个班级都在上课。忽然，一阵大哭声传来，我惊愕，于是闻声而去；在一个教室门前，我向里面看去：一个女生正在伏案而哭，哭声极大，同学们没有嘲笑没有骚乱，老师也静静站在前面，没有呵斥也没有安慰。

相邻的班级也是秩序井然，没有探头探脑，没有交头接耳，仿佛那哭声直接被空气过滤掉了。我很是奇怪，便一直驻足看事态发展。过了几分钟，那女生哭罢，于是又开始上课，就像什么都没有发生过。终于等到下课，见到了亲戚家的孩子，没说上几句，我就问起了刚才的事。她似乎一点儿奇怪的感觉都没有，说："在我们学校，这是很常见的事情！"

我以为这里教学比较严格，或者说老师比较苛刻，可是她却告诉我："我们学校的确比较严格，而且学习氛围很紧张，每个学生都会有受委屈或者被老师批评的时候。有的女生面子小，或者受了委屈控制不住，就抹眼泪。可是学校有规定，要是哭的话，就必须大声地哭，哭出声音来，为的是让我们不压抑。可哭过后，就得恢复正常的学习状态！所以，有人哭的时候，没人会奇怪嘲笑！”

心里一时间很受触动，忽然对这个学校的管理大有好感，这无疑是一种很聪明的做法，透着一种智慧，往大里说，在生活中，也是有着积极的意义。

忽然想起，上大学时，有一个晚上，去水房打水，回来的路上，见到一个女生站在篮球场边，哭得天昏地暗，全然不顾路人的目光。后来听别的同学说，这女生是毕业生，刚和男朋友分手。每年毕业的时候，都会有许多校园情侣成陌路，许多女生都躲在寝室里偷偷饮泣。现在想来，那个女生实在是勇敢，而且聪慧，痛快地哭一场，收拾心情，踏上另一个陌生。

记得在网上看过一个男人写的帖子。他说有一天黄昏时分，自已跑到郊外，狠狠地哭了一场。并不是他在工作中遇到了什么挫折，也不是在生活中遭到了什么打击，就是觉得日复一日地生活着，忽然就觉得沉闷无比，压在心底的东西在那一刻轰然爆发，全化作了汹涌而出的泪水。他说他永远不会忘记那一天，哭过后，回去的路上，脚步轻快无比，仿佛千斤重担卸落，生活在眼中重又清新而充满情趣。

生活中总是会有着挫折与失败，总是有着一些委屈和伤痛，考验着一个人的坚强和一颗心的硬度。也许在那些笑容的背后，在那些无人的夜里，泪水打湿了枕巾；我们就这样层层叠叠地在心上生起了茧，让心越来越重。而那些无声的哭泣、那些无语的哽咽，却又加深了悲哀，加重了沧桑。

如果哭，请痛哭。

让眼泪奔流成河，滋润人生两岸的风景。也许痛哭过后，眼里的世界会更明净，心里的情感会更清澈。心上的层茧剥落如花，重新感受久违的热爱生活的心跳。从现在开始，不再压抑自己的心，不再顾及别人的目光，让所有的不如意随哭声消散，随泪水流尽。抬头，依然是美丽的太阳。

手心里的伤痕

那一年我高考落榜后进了补习班复读，由于心情低落，再加上补习班中的学生鱼龙混杂，我学会了抽烟。虽然学校对学生吸烟管得极严，可是对于补习班的学生来说，那些规定形同虚设。

有一天第二堂下课时，全校学生都出去做课间操了，我叼着一支烟优哉游哉地站在教学楼的门厅里向操场上张望。忽然，我一回头，发现校长正从楼上走下来，我来不及把烟掐灭，便一咬牙将大半截烟攥在手里。因为如果被校长看见我抽烟，后果不堪设想：被开回家不说，近两千元的补习费也白交了。

校长走到我身边，问："怎么没去做操啊？"

我忙说："今天早晨肚子不舒服！"

校长看了我一眼，忽然说："我认识你，当初学校属你作文写得最好了。听说你没考好，现在在补习班？"

我点了点头，右手依然攥得紧紧的，有一种钻心的疼痛。校长又说：“在补习班要好好学啊，你会考上一所好的学校的！”

我说：“谢谢校长！我会努力的！”

此时课间操已经结束，学生们潮水一样向这边涌来。校长忽然抓起我的右手，说：“你和我到办公室来一下！”于是他拉着我向楼上走，我的手仍然紧握着，疼痛使我皱起了眉头。同时心里不停地揣测校长找我会有什么事。

到了二楼的校长室，一进屋，校长便说：“快把手张开！”我一惊，还是乖乖地伸开了手掌。手里的那半支烟已揉搓得不成样子，手心已烫坏，周围起了几个泡，烟灰沾了一手。校长叹了口气，把我带到洗手间，打开水笼头给我冲洗手上的烟灰。我麻木地任凭他给我洗手，低头间忽然看见了他的白发，心便痛了起来，更甚于手上的痛。

冲洗完后，校长带我来到办公桌前，从抽屉里找出纱布为我把手缠上。弄完后，他让我坐在沙发上，默默地看了我一会儿，说：“我下楼的时候就看见你抽烟了，也看见你把烟攥在了手里。我没有制止你，是想看你到底能忍多久。孩子，我知道你原来的成绩很好，也知道你现在那种失落的心情，这是人之常情。可是，你连烟头烫手的疼痛都忍住了，还有什么挺不过来的呢？不要因为一次的失败就丧失斗志啊！”我的眼中忽然蓄满了泪水。

从校长室出来，我把口袋里的香烟连同打火机都丢进了垃圾筒。我开始了前所未有的努力，把一切诱惑摒弃于心门之外。第二年，当我收到录取通知书时，第一件事就是去找校长。他看着通知书，一脸的笑容，然后他拉起我的右手仔细看了看，手心里留下了一个疤痕。他笑着说：“你的伤没有白受啊！”

那以后的日子里，无论遇到什么样的挫折和打击，我都会攥紧右拳对自己说：还有什么挺不过来的？手心里的伤痕，给我永远的勇气与斗志！

温暖的尘土

那一年，他去一个偏远的山区支教，时间为一年。在那个破旧的学校里，他成了四年级的班主任。他讲课生动，很能抓住学生的心，而且在课余他还时常给学生们讲山外的故事，这让孩子们的眼睛里全闪烁着渴望和梦想。于是他提出了一个奖励办法：这次期末考试成绩最好的同学，他会在暑假时带去北京，去看长城、故宫和天安门。

这个承诺在学生中引起了极大的震动，一时之间学习热情高涨；对于最远只去过县城的山里孩子，这份诱惑之大是不可估量的。期末考试终于结束了，学生们都不走，等着老师快快地批卷子，想知道到底谁是那个幸运的同学。他也是二话没说，立刻开始批卷，而窗外，是一群孩子焦急兴奋的脸。

终于，试卷批完，一个叫林虎的男生两门都是百分，夺得了第一名。消息一宣布，立刻引起了轰动。林虎竟然哭了，在簇拥着他的同学们中间。别的同学虽然也有些失望，可是他们同样高兴。他告诉林虎，回去准备一下，三天后就和他一起回北京。消息传遍了小村，林虎家竟是像过年一样热闹起来——去北京，可是一件了不得的大事。

三天后，他带着林虎出山，全班二十多名学生都来相送，还有许多乡亲。已经许多年不曾有过这样的场景了。他发现林虎穿了一套没有补丁的衣服、一双很大的不露脚趾的鞋，最奇怪的，是背后背了一个大大的旅行袋。这个旅行袋他只在村长家里见过。告别了送行的人群，他们终于走向山外。

经过几天的火车和汽车，终于到了首都。林虎一点儿也没觉得疲累，眼中一直闪着兴奋的光，一路上他不停地指着车窗外向老师问这问那。回到北京的家里，他把林虎安顿好，休息了一天后，问林虎想先去看哪里，林虎毫不犹豫地说："我想去长城！"于是出发。让他奇怪的是，林虎仍然背着那个旅行袋。他虽然一再要求林虎不用背着走，可林虎却坚持背，便也就随他。

让他更为吃惊的是，林虎的体力出奇好，那么长的石阶，背着那么大的旅行袋，竟然就轻松爬上去了。到了长城上，林虎竟然待住了，良久，他才奔跑起来。最后，林虎放下旅行袋，打开。他一看，又一次愣住：里面竟然是许多双各种各样的鞋子！林虎脱下自己的鞋，换上另一双，又一次在长城上奔跑起来。直到那些双鞋都穿了一遍，林虎已经累得坐在地上起不来了。

林虎告诉他，这些鞋子，都是班上同学让他带的，虽然他们来不了北京，可他们希望自己的鞋子能踏上长城，踏上天安门广场。林虎还说，这些鞋都是同学们家里最好的鞋了！接下来，无论是去天安门，还是故宫，或者别的地方，林虎都背着那些鞋子，一直重复着在长城上的做法，让每一双鞋子都能踩在那些著名的土地上。

回到那个山村，又一次轰动开始。林虎把鞋子分发给同学们，然后大讲特讲北京，讲长城，讲天安门，同学们都听得如醉如痴，就像亲身看到一样。然后，同学们都脱下自己的鞋子，小心地换上那些去过北京的鞋，站在纸上，再脱下，小心地收起。从那以后，这些学生的学习更努力了，也许，他们的心中已经埋下了梦想的种子。

许多年以后，他依然会回想起那个小山村，想起那个叫林虎的孩子，想起许多的面孔。有一天，他收到一封邮件，竟是林虎发来的，信中说："老师，当初咱们班的学生都已经走出大山了，在不同的城市工作生活，可我们无论走得多远，都珍藏着当初的那双鞋，因为那些鞋上，有着北京的尘土……"

给生命以挣扎的过程

一个中学生朋友向我诉苦，说他简直失去自我了，每天忙着学习，在校老师管，回家父母管，很少有自由的时候。特别是父母，对他恩威并施，使他有一种极大的压力。看着他青春的脸孔上充满焦虑与无奈，我便给他讲了一件我教作文课时的事。

那堂课讲的是想象作文中的联想，我让四位同学分别在纸上写下他们随意想的一个词。纸条收上来后，四个词分别是痛苦、孙悟空、父母和快乐。我让同学们通过联想把这四个词组合进一篇作文里。很快，就有同学高高举起手来。几个同学说得都较好，联想得也挺合理，但故事总是有些落了俗套，且大多以孙悟空为主人公。后来，一个叫李云梅的女生的口头作文让我耳目一新。她讲的故事大意是：她原本是快乐的，可渐渐长大以后，发现快乐的时光越来越少了。父母对她的学习管得越来越严，许多她想做的事都不能去做。她觉得自己就像被戴上了金箍的孙悟空，而那个金箍就是考学。她有时会很痛苦，不明白学习的代价难道就是要牺牲快乐吗？而学习的真正意义是什么呢？

等李云梅讲完，同学们都纷纷认同，说她的作文道出了所有学生的心声。我问他们："你们对西游记的故事都熟悉吧？"他们都点头，我接着问："孙悟空取经成功之后，除去了头上的金箍，他是快乐的吗？"大家又都点头。我继续问："那么谁能说一说，如果孙悟空不戴上那个金箍，唐僧不总是念紧箍咒，他会怎么样？"同学们一时议论纷纷，最后都说要是没有那个金箍，孙悟空肯定还会闯祸，说不定还会被压在大山之下饱受折磨。我微笑着说："你们看，金箍把孙悟空束缚住，反而帮他取得了成功。成了佛的孙悟空一定比没带金箍的孙悟空更快乐！所以别抱怨父母和老师，如果我们给了你们一个放任的青少年时期，很可能以后的人生你们会充满痛苦！"同学们听了我的话，都陷入深思之中。

讲完那段往事，我对这个苦恼的中学生说："管束与压力是一种困囿也是一种动力，这些道理我想你们应该都明白。只是这个过程是痛苦的，可是世界上又有哪一种美丽背后不是痛苦的挣扎呢？破茧成蝶的蛹，孕育珍珠的蚌，泥土中的种子，无不是在苦难中成就自己的辉煌。"

他的神情缓和了许多，抬头去看墙上的一幅风景画。画中一座高山拔地而起，悬崖上一棵松树斜斜地生长着。我心中又有所感，便对他说："你看这生长在岩缝中的树，比那些大地上恣意生长的树更有生命力，更能迎风而立。可它当初从岩石的重压下长出来，也一定付出了许多艰辛与努力，因而它才能凌驾于高山之巅！"

他站起来，用力看了一眼画中的树，目光坚定起来。他长舒了一口气，说："我懂了！"在他离去的时候，我告诉他："那种挣扎不是消极的，因为有希望和梦想。把心放轻松些，那么挣扎的过程也就不会是痛的了！"

他大步出门，脚步坚定而有力。想想现在中学生的学习生活，想想他们的锦绣前程，便也不再感叹，反而有了欣慰。是的，在这个世界上，没有不经过努力的收获。真正的自由与快乐，是在经过努力而超越压力抵达梦想的那种喜悦。而放任的生活，虽然随意蔓延，却终会枯萎漫漶。给生命以挣扎的过程，人生才能破茧而出、破土而出，如蝶如种子，轻盈飞翔笑对蓝天。也许，生活的真谛与生命的意义，正在于此。

在心灵的画布上涂抹阳光

有两个孩子都喜欢画画，他们同时参加了市里文化宫举办的绘画学习班。一天下午，他们在教室里画画，很入神，天渐渐黑了下来。这时老师走进来，看了看他俩的画，忽然问了一个与画画毫不相关的问题：“你们说怎么样才能瞬间让这个教室充满某些东西？”

两个孩子想了一会儿，一个孩子站起来打开了日光灯，他对老师说：“屋里充满光明了！”老师满意地抚了抚他的头。这时另一个孩子说：“老师，我也可以瞬间让教室充满另一样东西！”于是他把日光灯的开关又关上了，顿时屋里一片漆黑。他在黑暗中说：“老师，屋里又充满黑暗了！”老师没有说话，他打开了灯，深深地看了这个孩子一眼便出去了。

许多年以后，两个孩子已长大，他们依然从事着绘画行业。当年开灯的那个孩子已在画界享有盛誉，他的每幅画都极明净简约，充满了阳光的味道，让人看了觉得既温暖又开阔；而另一个孩子却一直默默无闻，他的画阴暗晦涩，让人看了既不解又沉重。

这是一个听来的故事。也许故事中关于开灯或关灯的生活片段并不完全是导致两个孩子命运的原因，可是有一点却是无可争议的，那就是心态对生活的影响。心中有光，世界必然是一片明亮；相反，如果心中的高墙阻挡了光明，即使身处太阳底下也只能看见自己的阴影。

我认识另一个老画家。在十年动乱中他由于画了一幅涉嫌污蔑社会主义的画而被关了起来，在那小小的黑屋子里一待就是七年。那期间与他相伴的只有无边的寂寞与黑暗，当他平反后放出来时，人们都以为他完了。可是没过多久，他的画再度在全国掀起了热潮，画技更胜于从前，画面也是健康向上，丝毫没有颓废之意，根本不像出自一个在黑暗中关了七年之久的画家之手。

我曾问过他何以能在那样黯淡的际遇中而没有荒废画

技，要知当时许多著名的画家在动乱后都已默默无闻。他笑着说："实际上那七年中我每天都在画画。我用木炭在墙上画蓝天白云，有时有阳光从屋顶的缝隙中渗进来，我就画太阳；有时有苍蝇从耳边飞过，我就画阳光下候鸟飞翔的姿态。那时虽然身处黑暗，没有自由，可我的心却无时不遨游在自己的画境之中，那是一段难忘而美好的时光啊！如果没那七年的经历，我的画技也许不会达到今天的水平！"

我的心被深深地震撼了：在黑暗的四壁上涂抹阳光，这有几人能够做到？我们常常抱怨生活中那些还不能真正算得上挫折的际遇，却不知该在黯淡中点亮一颗充满希望的心。生活就是一面镜子，只要你的心是亮的，世界便定会春光明媚。在心灵的画布上涂抹阳光，终会绘出一个无怨无悔的人生！

崔修建

文学博士，《读者》《青年文摘》《格言》等期刊签约作家。现为哈尔滨师范大学文学院写作教研室主任，硕士研究生导师。曾在国内外数百家报刊发表各类作品四百余万字，被《读者》《中外文摘》《视野》《意林》等报刊转载八百余篇，有数十篇作品入选一百一十多种教材及教辅书籍，多篇作品入选多个省市的中考、高考试卷和模拟试卷。作品曾入选《名家散文精选》等四百多种选集。已出版个人作品集《爱那么短，爱那么长》《有一种花叫不谢》《左手智慧右手爱》等十八部，与人合著《人生锦囊全集》等四十多部，编著教材《大学写作教程》等。

没有翅膀也可以自由地飞翔

1983年的一天，在美国亚利桑那州图森市的一家医院，一个女婴呱呱坠地。令她的父母惊愕无比的是，女婴居然一出生就没有双臂，连见多识广的医生也无法解释这个奇怪的现象。

在父母的疼爱下，女婴一天天地长大，成为一个可爱的小女孩儿。

那天，站在阳台上的女孩儿，看到与自己同龄的一群孩子正张开天使般的双手，在阳光下欢快地追逐翩翩起舞的蝴蝶，女孩儿十分伤感地向母亲哭诉命运的不公——竟然不肯馈赠她拥抱世界的双臂。

母亲平静地安慰她："孩子，上帝的确有些偏心，但上帝是要送给你更多的梦想，要让你用行动去告诉人们——即使没有翅膀，也依然可以自由地飞翔，就像没有修长的十指，你同样可以弹出美妙的琴声，可以写出漂亮的文章……"

"我真的能做到那些吗？"女孩儿仰起头来。

"只要你肯努力，就能做得到，只要你的梦想没有折断翅膀，你就一定能飞得很高很高。"母亲温柔的目光里充满了不容置疑的坚定。

女孩儿相信了慈爱的母亲的话，目光一遍遍地"抚摸"着自己的双脚，心中暗暗地告诉自己：我有一双非凡的脚，它们不只是用来奔走的，还是用来飞翔的。

此后，在父母的指导、帮助下，女孩儿开始有计划地锻炼自己双脚的柔韧性、灵活度和力量。怀揣梦想的她，克服了人们难以想象的许许多多的困难，经历了无法数清的大量失败，终于在人们大片的惊讶声中，练出了一双异常自由灵活的脚——她不仅可以用双脚吃饭、穿衣等，轻松地实现了生活自理，还学会了用脚弹琴、写字、操作计算机……她用双脚几乎做到了常人所能做到的一切。

女孩儿开始在人们面前自豪地展示自己非同寻常的“脚功”，起初遇到的那些异样的目光，渐渐地转变为惊讶和钦佩。在她十四岁那年，女孩儿彻底地扔掉了那副装饰性的假肢，一脸阳光地穿着无袖的上衣，走进校园、商场、街区……仿佛自己根本就不缺少什么。

女孩儿在继续着创造奇迹的脚步。她读书刻苦，作业写得总是一丝不苟，从小学到中学，她的学习成绩始终名列前茅，老师和同学们都十分敬佩她的坚毅和自强。当她拿到亚利桑那大学心理学专业的学士学位证书时，一家人幸福地拥抱在一起。父亲自豪地鼓励她：“孩子，你还可以做得更棒！”

“是的，我还可以做得更棒！”女孩儿自信地笑着。

为了增强腿部肌肉的力量，保持腿部的灵活性与韧性，女孩儿不仅坚持经常性的跑步，还成为碧波荡漾的泳池里的一条自由穿梭的美人鱼，甚至成了一家跆拳道馆里小有名气的高手……一位医生指着给她拍的X光照片，惊奇地喟叹：“经过锻炼，她的双脚已变得异常敏捷，她的脚趾关节已像手指关节一样灵活自如。”

女孩儿的梦想还在不停地放飞。她又走进了汽车驾驶学校，在教练员惊讶的关注中，她很快便掌握了驾车的各项技术，通过了近乎苛刻的各项考试，顺利地拿到了驾照，开始用双脚娴熟地驾车御风而行……

接下来，女孩儿要去圆自己心中埋藏已久的梦想了——她要亲自驾驶飞机，拥抱苍穹。

曾经培养出许多飞行员的著名教练帕里什·特拉威克第一次看到亲自驾车来报名的女孩儿，就知道她一定会飞上蓝天的，就像一只矫健的雄鹰那样，不仅仅因为她那娴熟的驾车技术，还因为她目光中流露出的从容、淡定与果决。

果然，女孩儿在学习飞机驾驶的时候，丝毫不逊色于那些身体健全的飞行员，她一只脚操纵着控制板，另一只脚操纵着驾驶杆，滑行、拉起、升空……她冷静、沉着，每一个动作都十分准确、到位，比不少学员表现得都出色。帕里什·特拉威克说："事实证明，她是一个优秀的飞行员，她驾驶飞机时非常冷静和稳定。一旦你和她在一起待上二十分钟，你甚至就会忘掉她没有双臂的事实。她向人们显示，人们可以克服所有的限制，她真是太令人难以置信了。"

二十五岁的女孩儿如愿地拿到了轻型运动飞机的私人驾照，成为美国历史上第一个只用双脚驾驶飞机的合法飞行员，开创了飞行史的先例。女孩儿的名字叫做杰西卡·考克斯。

如今，杰西卡·考克斯已是美国家喻户晓的英雄，她靠双脚生活和奋斗的感人故事，给世人带来了巨大的心灵震撼和精神鼓舞。

在美国数百场的演讲中，杰西卡·考克斯说得最多的一句话是："你的梦想有多高，你就可能飞多高。"

没错，即使你生来就没有翅膀，但你依然可以自由地飞翔，因为你心中永不跌落的梦想，会为你生出自由翱翔的双翅，会给你传递无穷的力量，会帮助你创造无法想象的奇迹。

不能花开，就请叶绿

那年秋天，我随一支大学生志愿者服务小分队，去宁夏西部的一个山村支教。

长途客车在沙尘飞扬的大戈壁上颠簸着，透过车窗，我忽然看见远处旷野上有两个年轻的男子，正站在一块巨石上面，仰望蓝天白云，双臂挥舞着，似乎在呼喊着什么。家住附近的一位同学告诉我，他们原先是县剧团的演员，演技还不错，演到哪里都有不少人喜欢。后来剧团解散了，他们就出去打零工，闲暇的时候，他们随便站在哪里，都会嗓子一亮，高歌几曲。他们说，不能登台演出了，就大声地唱给自己听吧。

他们真是快意人生，颇有些侠士风度。我忽然想起了一位著名登山家说过的话——真正的登山者，并不特别在意成功登顶的那一时刻，而是更在意一路登攀的愉悦。想想，的确有道理：无法登顶的时候，慢慢地欣赏一下沿途的风景，不是很好的选择吗？

在那干旱缺水的村庄里，庄稼活得艰难，牲畜活得艰难，百姓的日子也清苦得叫人心疼。然而，我却十分惊讶地发现，我见到的人们穿着很差，吃饭很差，用的东西也很差，一个个精气神儿却十足。我没看到几张哀愁的容颜，倒是从那一张张被阳光晒得酱紫、被风沙吹得粗糙的面颊上，看到了许多淡定与从容，甚至看到了许多灿烂的笑，干净得像澄碧的蓝天。

我问一位七旬的老者，为何大家生活如此窘迫，却依然有那样好的心情。老者平静地说道：“谁都希望过上好日子，可总有很多梦想会落空的。播下瓜种，不一定能够如愿地收获瓜，那么，为什么不怀揣一份好心情，欣赏一下瓜秧上面那些美丽的花呢？”

不能收瓜，就去赏花。这真是一种收放自如的洒脱啊！真是一种值得深思的人生智慧啊！我不禁对身边那些平凡无奇的人们肃然起敬。

我新认识的邻居，是一个叫人见了便要心生怜爱的小女孩儿。她因患有先天性肌无力，在十二岁那年，突然失去了行走的能力。而此前，她酷爱跳舞，舞蹈老师夸赞她有跳舞的天赋，是一个搞艺术的好苗子。十岁那年，她还曾登上过银川市电视台主办的春节联欢晚会舞台呢。在她的家里，我见到了墙上那幅漂亮的剧照——身着舞衣的她，真像一个美丽的天使。

如今，她被疾病困在了床上，要想到外面去，就得让父母把她抱到那台自制的沉重无比的简易轮椅上。父母身体也不大好，很懂事的她，便将自己的活动范围，基本上限定在床上和院子里。更多的时候，她是趴在窗台上，望外面的世界，偶尔在父母的帮助下到院子里转转。

她喜欢笑，一脸天真无邪的笑，纯净得叫人立刻就会想到那个词汇——一尘不染。

她告诉我，她今生再也不能跳舞了，就编一些与跳舞有关的故事，写下来，讲给自己听，有时候也讲给大人们听；还想投稿，争取让更多的读者看到她写的故事。

我为她的阳光心态鼓掌，问她：“不能跳舞，是不是感觉很遗憾？”

她莞尔一笑：“刚开始，痛苦得都不想活了，觉得老天太能捉弄人，赐给我跳舞的灵性，却不让我去跳舞。现在，我已经完全想开了，不能花开，就请叶绿。”

“不能花开，就请叶绿。”刹那间，我的心灵被一种东西深深地震撼了。

她拿给我看她写的故事——简单的情节，简单的语言，里面透着不事雕琢的童真情趣。

真好，在那些支教的日子里，我送去了知识，却收获了无价的精神财富。尤其是那一句“不能花开，就请叶绿”更是让我清醒地认识到——当疾病、挫折以及失败等不幸突然降临时，不必惊慌，也不必抱怨，而应微笑着迎上去，让人生转个弯，转向另一方天地，去欣赏另一片明媚。

把梦想握在自己的手里

20 世纪中叶的一个夏天，一位从法国南部偏远的乡村来到首都巴黎寻找机遇的青年漫步在香榭丽舍大街上，欣赏着流光溢彩的现代化都市的繁华，快速成功的渴望在心底强烈地燃烧起来。

他清楚自己身份卑微，除了年轻的梦想，几乎没有任何优势可言。而要靠自己一点点地打拼，似乎又太缓慢、太艰难了，他想借助外力走一些捷径。于是，他便揣着自己的梦想，开始四处拜访自己崇拜的社会名流。但迎接他的却是一连串的失望，除了收到一大堆的鼓励以外，没有一位名流能够真真切切地助他一臂之力。

满怀失落的他，拖着疲惫的身子在黄昏的大街上踯躅着，不知不觉间来到希尔顿大饭店门前。他呆呆地立在那里，用羡慕的目光打量着饭店前那一台台豪华的名车，和那些进进出出的衣着光鲜、时尚的成功人士，自己眼下的卑微与心中高远的梦想，一时间搅得他心海难平。

他那有些奇异的举止，引起了一位精神矍铄的老者的注意。老者慢慢地走到他跟前问道："年轻人，有什么需要帮助的吗？"

"我有一个很大的梦想，希望有人帮我实现，但一直没有这个人。"他神色抑郁道。

"什么样的梦想，不妨说出来我听听。"老者面含微笑。

"不说那些遥远的梦想了，我现在的梦想，就是能走进这样金碧辉煌的大饭店，在那间最好的包房内，听着优美的钢琴曲，慢慢地品味最精美的大餐。"他不愿再谈自己远大的抱负，顺口说了一个迫切的愿望。

"如果你愿意，你跟我来，我现在就可以帮你实现这个梦想。"老者做了一个邀请的动作，带着他朝饭店里走去。

他果真被领进了只有在电视上才见过的世界上最高档的餐厅，坐到了柔软的皮椅上，听到了最动听的音乐，并被告知菜单上所有的菜肴，他都可以任意地点，最后由老者来付费。原来，那位老者正是这家饭店最大的股东亨利先生。

“谢谢您，我懂得自己该怎么做了……”他突然放下手中制作精美的菜单，朝老者深鞠一躬，急匆匆地离开了饭店。

十年后的一天，亨利突然接到在零售业界不断制造奇迹的凯特的一个电话，说他要专程来拜谢亨利，感谢亨利帮助他走上了成功之路……

亨利困惑不解：自己并不曾与凯特打过交道啊，又何谈帮助过他呢？不会是凯特记错对象了吧？

当一位风流倜傥的中年人站到亨利面前时，亨利不禁惊讶地喊道：“原来是你啊！”

凯特激动地点头：“谢谢亨利先生，正是当年您把我领进饭店，让我真切地触摸到了梦想原来可以是那样的实实在在，让我在那一刻懂得了——别人固然能够帮助自己实现梦想，但那只是短暂一瞬，我应该把梦想握在自己的手里，像许多成功者那样，去一点一点地顽强打拼……”

亨利翘起了拇指：“说得好，无论是高远还是近切的梦想，都应该握在自己的手里，自己慢慢地去圆……”

他知道数学有多美

他出生在四川省一个偏远的山区，交通落后，文化贫瘠，家里仅有的几亩薄田，连温饱都难以维系。

20 世纪 80 年代初，十八岁的他参加了一次高考，却没能金榜题名。他很想继续读书，但家徒四壁的窘境，让他无奈地放弃了求学之路；他成了一个地地道道的农民，精心地侍弄那些庄稼，春种秋收，忙忙碌碌。再后来，他娶妻生子，像村里那些山民一样，过着波澜不惊的简单至极的日子。

但不同的是，农闲时，别的农民打牌、喝酒、闲聊，他却捧起数学书，如饥似渴地研读起来；随便抓过一截木棍，或者一块石片，就是他得心应手的笔，而大地则是他最好的演草纸。那些不等式、方程以及几何图形，就像那些长势喜人的庄稼一样，在他的眼睛里美丽地摇曳，如花，一朵一朵，在心头绽开。

有人说他着了魔，被数学勾去了魂儿，他嘿嘿一笑，不作任何解释。

有人说他傻，说他一介农民，整天琢磨那些毫无用处的数学问题，简直不可理喻。他却淘到金子般地自言自语道："他们哪里知道，数学也有着迷人的美。"

90 年代，随着家里人口的增多，日子越来越艰难，他只得背起简单的行囊，外出打工。他种过花，制过砖，养过鸡，修过路，扛过包，卸过货……各种各样的苦活、累活、脏活，他都干过。经常每天打工十二三个小时，累得浑身酸疼也是常事。

可不管打工的日子多么艰难，只要有一点点的空闲，他便捧起数学书，忘我地沉浸其中，将生活的艰辛和苦难全都抛在了脑后。许多打工者眼里毫无用处的数学，竟成了他生活不可或缺的一部分，亮丽了他的生命。

他如此地痴迷于数学，误了不少农活，少赚了一些钱，妻子认为他不务正业，一气之下跟他离了婚。然而，他对数学的一片痴情始终不曾改变。

他没有满足于在报刊上发表自己的研究成果，又把一摞摞手稿寄给了哈尔滨工业大学出版社的数学专家刘培杰。刘培杰在海量的各类来稿中，对他那些用破纸袋邮寄的手稿越读越惊讶：他的每一篇文稿，推演过程都十分缜密，论证逻辑非常严谨，并且结果完全正确。另外，他的文稿标题新颖生动，流露出浓厚的生活气息。显然，他是一个很有情趣的人，他对数学的热爱早已超越了功利。

很快，他的上百万字的手稿变成了铅字；他的《新编平面几何解题方法全书》等一经推出，便畅销再版。

他就是著名的“农民数学家”——邓寿才。如今，他仍在紧张、忙碌的打工之余，痴迷于数学。他曾写过的一篇《数学赞》和一首《数学诗》，向人们传递这样由衷的感慨——数学是美的，热爱是美的，只要痴迷地耕耘，就一定会收获甜美的果实。

像自己这样生活

他从小就非常崇拜那些成功人士，读小学时，写过一篇题为《像比尔·盖茨那样进取》的作文，被老师当作范文在课堂上朗读，老师赞许他志向高远。进入大学后，他更是迷恋上那些励志图书，如饥似渴地阅读了大量诸如《像伟人那样思考》《像强者那样行动》《像智者那样探索人生》以及《像明星那样经营》之类令自己热血沸腾的书籍。他敬佩一个个古今中外成功人士辉煌的人生，为他们的梦想、奋斗、激情、智慧以及执着等所感动，暗暗地将他们当作自己效仿的榜样。

然而，残酷的现实告诉他：尽管他十分认真地像那些成功人士那样思考、那样行动，他始终还是一个普通人，普通得一进入茫茫人海，便立刻没了踪影。

大学毕业后不久，他辞掉了那份不少人看好的工作，毅然地去做保险推销员。只因《世界上最伟大的推销员》那本书，点燃了他从零开始的激情。他要磨砺意志，渴望在不断地遭遇挫折后，也能够像那位杰出的推销员一样赢得堪称奇迹的成功。然而，四年艰苦的打拼过后，他并没有拥抱想象中的辉煌，他依然只是一个整天为温饱忙碌奔波的小人物。

苦恼过，叹息过，焦虑过，不甘碌碌无为的他，又开始了新的奋斗，他借钱投资创业，搞软件开发，做品牌服装代理，炒基金，种植进口花卉……多方尝试，多方探索，似乎每一个成功者走过的路，对他都是很大的激励。既然人家能够成功，为什么自己就不行呢？他骨子里不服输，又接连不断地在新领域闯荡。结果，十几年过去了，时赚时赔，人到中年的他，仍囊中羞涩。成功，似乎有意在疏远他，在难为他。

那年秋天，他回到那个僻远的小山村。家乡已发生了很大的变化，许多年轻人都外出打工了，许多孩子也跟着父母进城了，村子里多是一些老人和妇女。春种秋收也大多机械化了，几乎没有人再积肥营养土地了，大家更相信化肥的威力；也很少有人再挥锄"汗滴禾下土"了，因为有了便捷的除草剂，一喷洒就基本解决问题了。大家自然地都那么做，因为那样的耕作方式，省时、省力，虽说成本较高，粮食品质较低，对土地的破坏较大，但明显的高产量却鼓动着大家毫不犹豫地如此选择。

难道在农村老家，也吃不到真正的绿色食品了？他有些悲哀地问父亲。

父亲告诉他，只有邻村那个老耿头儿，种地还像从前一样，养猪养牛，广积农家肥，一车车地运到地里，种地从不买化肥。他还用牛耕地、耙地，还靠人力一锄头一锄头地除草。只是，他种的粮食产量不高。

他很惊讶于老耿头儿的固执，问其为什么不像别人那样种地？老耿头儿淡淡一笑："每一个人都有自己的一种活法，为什么要像别人那样呢？我觉得像自己这样种地最好，虽说辛苦一些，收入少一些，但保养了土地，还种出了更益于健康的粮食。"

真的这么简单？他很难想象，别人都在图轻松、图多获利的时候，老耿头儿仍能如此悠然，不为别人的轻松成功所动。

"就这么简单，像自己这样生活，我感觉很知足，也很幸福。"老耿头儿朴实的话语里透着深刻的哲学意味。

"像自己这样生活"，他轻轻地重复了一句，心田里陡然撒入了一缕阳光。

哦，老耿头儿说得真好。只要是幸福的，就完全可以像自己这样生活，没有必要去模仿别人，去重复别人的道路。更何况，世间的许多成功是无法复制的。

后来，他听说老耿头儿不盲从他人的种地方式，被记者报道后，受到许多人的关注，很多经销商争相上门订购他的绿色粮食，出的价格也很高，他的收入比那些高产的粮食大户还多了。有些人也想效仿他，但经过多年掠夺性的耕种，那土地已损害得难遂人愿了。再说了，大家一时也难以建立起像老耿头儿那样的种地信誉啊……

没错，每个人都可以有许多选择，每个人都有自己的道路，但是，不管怎样虚心学习别人，都千万不要迷失了自己，不要企图把自己变成别人的样子，不要简单地抄袭别人的生活。须知：像自己这样生活，才能准确定位，才能从容、淡定，才能品味到属于自己的幸福。

慢慢地走上峰顶

纷纷扬扬的大雪接连下了一周，厚厚的积雪淹没了通向山顶的道路。

住在山脚下宾馆里的他，望着窗外乌蒙蒙的天空，焦躁不安地在大厅里走来走去，心里暗暗地抱怨着天公不作美，让他这一次登顶的计划不知又要推延多久。要知道，他已经登上了好几座著名的高峰了，眼前这座高峰或许是他最近几年里最大的目标了。

“年轻人，为什么不好好地欣赏欣赏眼前的美景呢？”一位老者走到他的身旁。

“我的目标是登上峰顶，而不是在这里看什么风景。”他不以为然道。

“登上峰顶又为着什么？”老人慢条斯理地问道。

“享受登顶的快乐呗。”他不想向老人讲述那份特有的幸福，就像垂钓者看到鱼漂儿晃动时一样，那是言语所无法形容的。

“那为什么不好好地品味品味慢慢走上顶峰的快乐呢？”老人依然不紧不慢。

“慢慢地走上顶峰怎么会有快乐？”年轻气盛的他恨不得一步跨出两步的距离。

“有的，小伙子。年轻的时候，我也跟你一样，以为快速地完成自己想做的事情，是有本领，是最开心的成功。后来，我才知道——慢慢地成功，有时也是一种幸福，甚至是一种更大的幸福。”老人接了一个电话，向他挥挥手，慢慢地朝宾馆外面走去。

一个服务生走过来，向站在那儿正回味老人刚才那番话的他，说出了一个让他有些不敢置信的名字。没错，那位老人就是当今蜚声国际画坛的著名画家，他的一幅油画刚刚在法国拍出六百万欧元的天价。

“你知道吗？他是一个天生的色盲。”服务生轻轻的一语，响雷般地震住了他。

“绝对不可能！他的绘画一向是以色彩绚丽著称的啊。”他无法相信服务生的话。

“这是真的，你看看他给我的签名和留言。”服务生拿出一个签名本，他看到了那个曾在画册上见到的个性十足的签名，还有签名上面的一句赠言——慢慢地走向成功。

“这就是他成功的秘诀。他十五岁开始画画，五十五岁才卖出自己的第一幅画。当初，没有一个人看好他，都认为一个色盲是不会成为一个优秀的画家的。可是，他相信慢慢地走向成功，更喜欢在走向成功的路上欣赏那些别人忽略的风景……”服务生一脸崇拜地向他讲述着老人的轶事。

“你怎么知道这些？”他还是有些疑惑。

“因为他跟我爷爷是邻居。我爷爷是一个聋子，可他的二胡拉得远近闻名，他们都懂得一点一点地去做事，日积月累，慢慢地，就走向了辉煌。更重要的是，他们似乎并不看重我们敬慕的结果，而是对一路走来所经历的风风雨雨，有着一份特别的感情。因为有一份热情的投入，有一份认真的沉浸，更有一份从容的品味，那些过往的日子才变得特别地有意思，特别地耐人咀嚼。”受了熏陶的服务生，话语中也多了一些人生感悟。

哦，这些年来，自己忙忙碌碌地赶路，急切地一次次地向顶峰奋力攀援，却忘了留心欣赏山脚下和沿途的那些美丽的风景……陡然，他醍醐灌顶般地明白了老人刚才那句“慢慢地成功，有时也是一种幸福”的深邃内涵。

再次将目光投向窗外悠悠的雪花，他心轻如燕，有诗意如茶，酽酽地，簇拥而来。

向一棵树道歉

这是发生在加拿大的一个真实的故事。

2009 年 5 月的一个周末，作为一家公司总经理的杰克，驾驶着奔驰车急匆匆地赶往渥太华。他要去见一位美国来的投资商，期望能够得到一笔急需的资金支持。一路上，他的大脑都在不停地运转着，想象着这次重要的会面后，可能会发生的种种情形。

在一段狭窄的山间公路上转弯时，他的车差一点儿撞上迎面呼啸而来的一辆大货车，巨大的惯性把他的车“推”下了公路……最终车撞到一棵杯口粗的樟树上，停了下来。

那辆大货车根本不知道后面发生了什么，很快便消失得无影无踪。还好，及时打开的气囊，没有让杰克受一点点伤。他走下车来，看到那棵樟树几乎被车拦腰撞断了，半截树桩与撞断的部分，只连着一点点的皮。

“可怜的朋友，你一定很疼吧？实在对不起。”杰克小心翼翼地抚摸着断裂处，慢慢地把躺在地上的树干扶起来，用随身携带的胶带固定住。随后，他又从附近找来几段枯木，给断树做了一个环形的支撑架。

“抱歉，让你受苦了，愿上帝保佑你度过这一劫难。”杰克又用一块干净的准备用来擦车的布，为樟树包扎了一下伤口。

耽搁了一个多小时后，杰克缓缓地启动车子，继续赶路。

没走多远，杰克忽然想起一本书里介绍过接上断树的注意事项，感觉刚才自己用胶带紧紧缠绕断口的方式有些不妥。于是，他赶紧调转车头，往受伤的樟树那里赶。

这时，投资商的电话响了，他抱歉地说恐怕要迟到了，因为有一棵受伤的樟树需要他。投资商困惑地问他，难道一棵樟树比几百万美元的投资更重要吗？他认真地说：“一样重要。”

“真是一个莫名其妙的家伙！”投资商在那边嘟囔了一句。

细细的雨丝毫无征兆地就飘了下来，杰克的担心又加重了，他不知道雨会不会大起来，受伤的樟树能否挺得住……他开始责怪自己开车有一点儿走神，伤害了那棵无辜的樟树。

解开那密不透气的胶带，他找来一些枯草编成绳子，一圈一圈地缠绕在樟树的断口处。每缠一圈，他都轻轻地道一声“对不起”，仿佛樟树的疼痛已一股股地涌进了他的身体。

等到他赶到渥太华时，那位投资商已经离开了。一笔对公司发展至关重要的资金没拿到，他的确感到有些遗憾。可是，一想到那棵受伤的樟树，杰克便再也坐不住了，他又立刻打电话向一位植物研究所的朋友请教。按着朋友的指点，他再次对受伤的樟树做了细致入微的护理。

三天后，他又专程赶到樟树那里，陪着那棵樟树默默地坐了好长时间。

公司的流动资金极度短缺，杰克心里特别着急。他四处奔波，寻找解决的办法。可是，他始终放心不下那棵受伤的樟树，仍挤时间赶遥遥的路去看望它。看到遭受重创的它一天天地好起来，他心里也轻松了许多。

他和那棵樟树的故事，不经意间被一位记者知道了。在接受采访时，他依然面带愧疚地坦言：“我要诚恳地向那棵樟树道歉，是我的不小心让它受了伤，承受了那么多的痛苦。”

那位投资商知道了杰克那天失约的真相，特意打电话给他，说愿意向他的公司投资，因为把资金投给像他这样具有仁爱之心的经营者特别放心。杰克的公司也由此受到了世人更多的关注，公司经营得更加红火了。

当朋友向我讲述这个故事时，他的眼睛里满是赞叹。的确，能够向一棵受伤的树道歉，为树的疼痛而心疼的人，其心灵该是怎样的柔软，其情感该是怎样的细腻啊？以这样的心怀为人处世，自然会赢得无数的敬重和赏识。

谁都可以耀眼地升起

他出身寒微，窘迫的家境只勉强支持他读了几年的书。十四岁那年，他便跟着父亲赶着骡队，常年跋涉于崇山峻岭间，特别辛苦地为别人运送各种货物，仅仅为了养家糊口。

漫长而孤寂的送货途中，他经常不由自主地仰望苍穹——那辽远无际的蔚蓝如此深邃迷人，那明亮世界的阳光、那悠悠飘移的白云、那变幻莫测的晚霞，都是他的双眼在白日里追随的醉人的风景；而那遥远的银河、那轻柔如水的月光、那闪烁的繁星，则会在宁静的夜晚牵他走进神奇的想象天地。因为那些深情的仰望，异常单调、辛苦的送货之行，竟多了许多情趣。

20 世纪初的某一天，他疲惫不堪地将一批货物送到了洛杉矶附近的威尔逊山顶上。当他得知原以为不过是一些废铜烂铁的东西，组装起来的居然是世界上最大的望远镜时，他不禁惊奇地问了一句："它能够看到天堂吗？"工作人员笑着点点头，觉得他的问询充满了孩子般的稚气。

他竟由此不再做生意已有起色的皮货商了，执拗地留在威尔逊天文台，心甘情愿地做一名擦地板、扫院子、看门的杂工，虽说报酬低，日子十分清苦，但他很知足，因为他可以忙里偷闲地跑到那台特别的望远镜前，遥望一下肉眼看不到的更辽远、更神奇、更美妙的"心中的天堂"。

那天夜晚，值班的观测员突然生病，已对那台望远镜操作很熟悉的他被临时叫来顶替一会儿，而他出色的表现让在场的一位著名专家大加赞赏。不久，他就成了那位专家的助手，在专家的悉心指导下，他继续兴致勃勃地探寻“天堂”的秘密。

当著名的天文学家哈勃来到威尔逊天文台后，计划对宇宙深处进行研究。哈勃没有挑选那些出身名校的高材生，而是毅然地选择做事最认真的他做自己的助手。长年累月地追踪观测遥远的昏暗模糊的星云，需要足够的细心和耐心，需要忍受难以想象的艰辛。而他竟饶有兴趣地做着这份单调难捱的工作，像一名科学家那样敬业。七年后，他协助哈勃推出了具有划时代意义的重大发现——哈勃定律。

再后来，他继续观测星云，继续探寻苍穹的奥妙。他与其他科学家一道借助新技术和新设备，对哈勃定律进行了改进。因在天文学方面的一系列卓有成效的工作和不凡的业绩，他已跻身于著名天文学家的行列，很少有人知道他曾是一名普通的赶骡队的皮货商。

他的名字叫赫马森，一个喜欢遥望星空的皮货商，因为兴趣和执着而看到了宇宙的深邃、壮观，拥有了辉煌无比的人生。“谁都可以升起，成为一颗耀眼的星辰，只要愿意并去努力。”一位传记作家如此感喟赫马森的生命历程。

段奇清

男，湖北仙桃人，湖北省作家协会会员。笔名清翔、清心可也、大可、梅若雪等。《读者》《意林》《特别关注》《青年文摘》《格言》《经典》签约作家，知名美文作家。已在省级以上刊物发表作品千余万字，作品多次获奖，有文章被选为中考、高考语文阅读试题。已出版散文集《积聚你心中的正能量》等。以敏锐的思维触角和直透人心的文字，为美丽和不太美丽的灵魂提供栖息修养之所。

发明就在助人中

耶鲁大学化学教授欧米德正进行着一种名叫“小孢拟盘多毛孢”的真菌研究。可过去一年多了，却没有任何进展。

那天清晨，欧米德教授钻进实验室里，开始了新的一天的研究工作。正埋头做着实验，楼下突然传来争吵声。听见争吵越来越激烈，一向热心肠的欧米德教授停下手中的工作前去调解。

原来争吵的两位男士都是生物学副教授，一个叫戴维，一个叫伍德尔兹。两人的妻子也都是生物学家。2011年2月，戴维与妻子南希以及伍德尔兹的妻子安纳贝尔一同深入亚马孙河流域考察。从飘雪的北半球一下子来到炎热的南半球，令他们感到无比新奇兴奋，但他们也不忘开展紧张的科考工作。

当天晚上，劳累奔波了一天的戴维夫妇和安纳贝尔把帐篷挨着搭在一起。正当戴维沉沉睡去时，突然传来安纳贝尔的尖叫声。戴维连忙摸起防身的手枪来到安纳贝尔的帐篷，可他一去便赶紧退回来了，让妻子南希过去。

南希来到安纳贝尔的帐篷，不禁大吃一惊！原来安纳贝尔睡袋没有了，内衣也没有了，一丝不挂瑟瑟发抖地蜷缩在帐篷的一角。南希安慰一番后，安纳贝尔的情绪才稳定下来。南希开始为她找睡袋，以及被扒掉的内衣，可哪里能见到踪影？第二天晚上，同样的事情再次发生。第三天，安纳贝尔在当地购买了新的睡袋和内衣，这才没事。

回到美国后，当安纳贝尔向丈夫伍德尔兹说了自己的睡袋失踪、衣服被扒光的事，伍德尔兹便断定此事是戴维所为。无论南希如何为丈夫作证、解释，伍德尔兹就是不相信。安纳贝尔也不同意丈夫的说法，但她一点儿也不明白事情发生的原因。后来，许多人都认为这件事与戴维有莫大的关系，南希对丈夫也有些怀疑起来。

事情更加复杂化，两个男人争吵不断，两对夫妇也常常闹着离婚。开始时，欧米德教授并没在意，当得知事情已闹到不可开交时，他决定搁下手中的真菌研究，介入此事。

戴维带着欧米德教授来到了那个名叫乌卡拉的地方。令人奇怪的是，当天，并没有发现任何蛛丝马迹。第二天，两人睡到半夜，戴维起来小解，还没走出帐篷，令他惊异的是，他的内裤一下子也没有了。此后，二人又在那儿待了三天，却什么事也没发生。

两人回到耶鲁大学后，戴维告诉南希他被扒的是一件红色内裤。南希说，这是前些时候，听一位闺蜜说这样的内裤穿起来特别舒适后，她在为自己买了两条时，也给戴维买了一条。南希的话让欧米德教授心头不禁一动：这样的内衣时下在美国十分流行，当时安纳贝尔穿的是否也是这样一种内衣呢？经问询，答案是肯定的。

欧米德教授心中似乎有些底了。这样的内衣安纳贝尔家中还有，戴维让安纳贝尔给了他一条。在乌卡拉，欧米德教授将带去的内衣放在一个广口瓶中并密封了起来，当晚没事。

第二天晚上，欧米德教授打开了那个广口瓶盖，不一会儿，他预料的事情发生了：昏暗的灯光下，瓶子忽然笼罩在了一片淡淡的雾气中。接下来，内衣在他的眼皮底下一点一点消失，那衣服就如同着了火一般，只是看不到火苗。

回到美国后，欧米德教授又一头扎进了实验室。一周后，他向人们宣称，他所要寻找的“小孢拟盘多毛孢”的真菌已被发现。他说，这种真菌非常细微，它们喜欢以聚氨酯为食，而被“扒去”的那些内衣就是以聚氨酯为材料制作的。

这些小孢拟盘多毛孢真菌平时蛰伏在雨林中，主要以空气中的氨分子为食。当它们发现成片的聚氨酯化合物时，就会疯狂地吞噬。它们一边吞噬聚氨酯，一边繁殖，在几秒钟内就可以繁殖一代。一件内衣在几分钟内便可被它们吃得丝毫不剩。那天欧米德教授看到的广口瓶上面那淡淡的雾气，即是聚集在一起的小孢拟盘多毛孢。睡袋、衣服没被“扒”，只因为那是棉麻制成的。

小孢拟盘多毛孢的代谢物对多种田间常见杂草均有较强的杀灭活性，且持续期长。这一发现，对生物除草具有划时代的意义；而且功德无量的是，欧米德教授的研究成果让戴维和伍德尔兹两家的猜疑与隔阂从此烟消云散。

这个故事再一次告诉人们：善往者善来，助人者自助。

香麻油原来是芝麻炼成的

2000 年 4 月的一天，在《中国青年报》工作的柴继军和李学凌正搭档做一个关于张朝阳、王志东等互联网英雄的选题。在报社食堂吃饭，跑IT口的记者李学凌对柴继军说："互联网这帮人就会烧钱，我们做一个不烧钱的、能赚钱的生意吧。"

什么才不烧钱呢？柴继军想起了儿时的一件事。

那天，他和奶奶去一个小镇。祖孙俩在街上走着，只觉有一股奇香扑鼻而来。奶奶告诉他，这是香麻油的味道，是从院子里的小榨房飘出来的。奶奶还告诉他，香麻油是用芝麻炼成的。柴继军是知道芝麻的，他心中猛然一惊：芝麻的颗粒那么小，小小的芝麻竟然能炼出如此香的油！从此在他的心中，便有了不可小觑微小之物的想法。

自己的身边有"芝麻"吗？蓦然，他想起了家中放着的六千筒胶卷。原来，到《中国青年报》后，柴继军的工作就是每天处理全国各地的摄影师寄来的照片，往往一天会收到一百多张；但报社采用的就那么几张，按规定，其他的可以扔掉了。可他舍不得扔，将它们收集了起来。没想到，日积月累，竟然有了如此可观的数目。

能兴旧利废，再说即便利用新照片，在一些人眼中也没什么。因为一张照片无异于一粒芝麻。可他想起了那天的"冲天香阵"。当柴继军把自己的想法和李学凌一说，李学凌便连声称赞这是一个好主意：不烧钱，就从一般人不太看好的事做起。

柴继军写商业计划，李学凌负责找技术合作伙伴及融资。柴继军的"芝麻"理论，很快就吸引来了搞技术的陈智华。2000年5月1日，网站正式运营，他们将其取名为Photocome，意为"图片来了"。

那时，除了陈智华属于专职人员外，柴继军与李学凌只是业余创业者。就是在这样一种情况下，他们虽然几经周折，可依然获得百联优力（北京）投资有限公司董事长廖杰的投资。接着，他们又开始与新浪总编陈彤合作。

那时，新浪在纳斯达克上市后，要实行规范化运营，杜绝使用盗版图片。当时新浪要加快扩展业务，需要大量的图片放到网站上，以提升流量。而 Photocome 网站可以通过新浪这个平台，签下摄影师，让摄影师们将编辑好图注及标价的规范图片直接上传到网站，并自动对应进入中央图片库；客户在交钱后获得下载权，摄影师则可通过后台看到下载记录，获得分成。

如此，他们“捡拾”来的照片，至少新浪、Photocome、摄影师以及图片用户可以共享共赢。

经过一年多的有效积累，网络市场逐渐被打开。由于 2001 年互联网泡沫破灭，各大网站迅速缩减购图开支，柴继军于是开始适时地向传统媒体进军。由于图片好，门类齐全，获取方便，价格适宜，传统媒体的编辑们都爱从网络图库寻找适用的图片，或者去获得创作灵感。2002 年，Photocome 已基本覆盖全部媒体，公司开始赢利。

2005 年，Photocome 的市值已超过 500 万元，柴继军正式辞去中青报的职务，并将公司更名为“汉华易美”，一心要将图片生意做大。

由于他们公司的发展势头越来越好，2011 年 4 月，百联优力集团将旗下的汉华易美、华美创意和视觉中国整合重组，成立视觉中国集团（CFP），由柴继军出任集团总裁。

就这样，柴继军和他的伙伴用 12 年的时间“捡芝麻”，捡成了拥有两千多万张图片的网络图库巨鳄。从 2000 年到现在，中国和全球重要事件的影像，在 CFP 全能找到。CFP

以30%的市场占有率居中国编辑类图书市场第二位，仅次于新华社。他们已成了三千多家报纸、网站、杂志、出版社以及电视台的图片源。在柴继军带领下，CFP仅2011年的营业收入就高达三亿元，利润近一亿元。目前他们正在积极推进集团上市中小板的工作。

是的，凭着捡芝麻的精神，柴继军的CFP已飘散出异香了。世界上微小的东西，只要它有着优质的个体以及庞大的数量，积以时日，一定会形成它独特的优势。古人的“泰山不拒细壤，故能成其高；江河不择细流，故能成其深”，说的就是这个意思。

看准目标，坚忍不拔，聚小粒为众多，积小香为馥郁，你也就成了为众人所向往的硕大的“香饽饽”。

脸是心灵的窗户

有这样一段文字：“此人一开始有气无力，歪着身子，眼神不与检察官对视。检察官说了三十多分钟，他只‘嗯’了一声：说明他在使用消极姿态进行对抗。当听到李化这个名字时，他的身体姿态出现轻微调整，眼睛看向检察官，前后不到一秒又恢复原样。身体这种瞬间的变化说明他与‘李化’有关联。审讯过程中提到储蓄卡时，他出现语滞、视觉逃离等现象，并且在做相关说明时已经不能保持逻辑自洽的基本水准。这说明‘储蓄卡’是他的软肋……”

这不是小说情节，它是一份分析报告，是姜振宇看了十多个小时的录像资料后得出的结论。随之，昌平检察院反贪局向姜振宇伸出了橄榄枝，北京、山东等地的刑侦部门也寻求与他合作。

姜振宇的身价陡增，只因为这份分析报告太神奇了。他看的那段视频是一件已经结案了的预审录像。嫌疑人韩某伙同李化贪污工厂四十多万元款项，其转账正是通过储蓄卡。

姜振宇采用的是“微反应”分析法。微反应是指人在遇到有效刺激时一刹那间的反应，这种反应是出于人的本能。

1979 年出生的姜振宇 2000 年毕业于中国人民大学计算机系，毕业后进入中国政法大学工作。按说，他与“微反应”并没有什么关联，可他爱广泛涉猎，什么书都看，尤爱通过看书寻找事物之间带有普遍性和规律性的东西。

一天，一位喜爱艺术创作的同事带去一本书，他只一翻，就被吸引住了。那本书叫作《艺术表情指南》，书中详尽地介绍了如何在雕塑、美工及绘画等艺术创作中传神地表现人物情感。书中还说，达尔文早就提出过猜想：“人类的神态表情是经年遗传形成的，任何人都没办法肆意改变。”这本书实际是向人们揭示人的表情的规律性。

这本书让姜振宇大开眼界。几年内，他把国内外这一类的书读了个遍。他还了解到近年欧美对“微反应”已有广泛的研究，不仅将其应用到艺术创作中，还用于司法实践且成果丰硕。

在姜振宇的建议下，2009 年 3 月，中国政法大学成立了“微反应研究小组”，时年三十岁的姜振宇出任小组长。他更是在这门科学中不断寻微探幽，四年来，先后出版了《微反应——小动作背后隐藏着什么》和《微表情——如何识别他人脸面真假》；最近的一本漫画版的《姜振宇教你察颜观色》，更是受到年轻读者的追捧。

姜振宇红了，时下，他还在综艺节目“非常了得”中担任“观察员”，其人气很快超过主持人成为节目的焦点。

人们说：“眼睛是心灵的窗户。”而姜振宇的“脸面是心灵的窗户”，将心灵的窗户一下子扩展了上百倍。一个人能做到从寻找事物本身及与他物间的规律出发，不断扩充自己的知识，他也就能够与千万人“混个脸熟”，甚或被许多人牢牢记在心间。

保安的微笑

生活是一面镜子，你对它微笑它就对你微笑；可生活又不是一面镜子，有时你对它微笑它并不对你微笑。段小磊那时就遇见了后一种情况。

2008 年，出生于河南农村的段小磊从洛阳师范学院毕业后，和很多怀有梦想的年轻人一样，揣着对互联网工作的满腔热情到北京闯荡。

经过努力，段小磊当上了腾讯北京分公司的前台保安。不过公司的员工不久就发现这个保安有点儿特别：他能叫出大楼二十层每个人的名字，每天早上他会告诉每一个人“你是来到公司的第几个人”。是的，他善于观察，能记住事，而且，他乐于利用自己的这一特点为他人服务。

于是，别人经过他面前时，他会微笑着说："今天夜里十二点到明天凌晨三点会停电，请提前保存数据。"或者说："明天会变天，请注意加衣服。"对于那些爬楼梯上班的人，他会说："十一层和十二层的烟味比较重，不过九点钟以前是没有烟味的。"

有人问他："你这样做没有人反感吗？"段小磊笑着说："开始时有人觉得我的行为简直让人莫名其妙，甚至不少人生出防范之心。这时，我会告诉自己：当你对别人微笑的时候，别人不对你微笑，那么，请继续对他微笑。也许前面九十九次面对的都是冷漠，但第一百次时，面对的就是对方的微笑了。"这便是段小磊的微笑哲学。

2012 年 3 月 1 日，一条微博引发了众多网友的关注："腾讯北京分公司前台保安，经过一次技术面试，入职腾讯研究院，开始了工程师生涯。"正在人们怀疑这条消息的真实性时，腾讯 CEO 马化腾在自己的微博上予以了证实。随后两小时，这条微博被转发了两万多次。

是的，这名保安就是段小磊。事后，腾讯科技频道立即发表文章《2012 年最励志保安走红网络》，报道了段小磊入职腾讯研究院的前后过程。

原来，尽管只是在腾讯做一名保安，但段小磊并没有放弃对工程师梦想的追逐。工作之余，他总在看计算机方面的书籍；而因为他迷人的微笑，办公楼里的每一个工作人员都很乐意做他的老师，他的计算机水平提升迅速。2012 年 2 月，腾讯研究院急需外聘一批员工从事基础性的数据整理工作，要求能熟练操作计算机，对数据敏感，有责任心。一名负责人马上想到了段小磊："他一直非常努力，非常有理想，也非常好学。"一连三个"非常"让段小磊顺利进入面试，并最终顺利入职，成了腾讯的一名工程师。

“请继续微笑”，是一种执着，是一种自信，是一种乐观。生活是一面镜子，你对它微笑，它终会对你微笑。

假如鱼上不了岸

大海中有一种丁香鱼，它是一种“小杂鱼”，身长只有三厘米。那年，浙江瑞安的陈善平通过做水产生意，在掘得第一桶金后，知道只要能跨过丁香鱼这三厘米的距离，那给人带来的将是滚滚财富。可他就是不知道从何处入手。

机会终于来临。一天，一个日本商人问陈善平：“有丁香鱼卖吗？”他说：“一斤人民币三元五角要吗？”他是要“狮子大开口”，将对方吓退。可没料到的是，日本商人反而好像捡了一个大便宜似的，连声说：“要，要！要是质量符合要求，每斤还可再加一元。”

从小就在大海里与风浪搏击的陈善平对丁香鱼是颇为了解的：丁香鱼好吃，可它却有一个名字叫“出水烂”，捕捞后不到一个小时就会死掉，然后变得像稀粥似的。它的保鲜一直被人们视为难以跨越的一个坎。

陈善平在得知日本人擅长加工丁香鱼后，连忙去了日本。这一去竟然让他吓了一跳：近些年来，日本人将丁香鱼当作最好的补钙食品，每年都得从国外进口十几万吨。经调查摸底，中国加工出来的丁香鱼不足四百吨，由于加工质量屡有问题，这个数量还在减少。

陈善平知道其中蕴藏着巨大商机——只要跨过这三厘米。距离其实就是时间，或者说是时间的换算。那时，刚好日本有一家丁香鱼加工厂要改行，陈善平只花了二百七十万元人民币就买下了对方的全套设备——这是他“跨过三厘米”的第一步，短时间就弄到了堪称先进的成套设备。

第二步，就是“向大海靠近”，缩短空间距离，以空间距离换时间。陈善平将设备搬到了温州海域的一个小岛上，尽管当时这个小岛很荒凉，没有电，也没有水，可只因它四周是海，海里有着丰富的丁香鱼资源。陈善平给这个丁香鱼加工厂取名为“华盛水产”。

几个月后，当陈善平将产品运到日本时，因为这些干货完全符合要求，日本商人竟然每斤出人民币五十多元的高价。从此，“华盛水产”几乎被所有日本的消费者所知晓。

声名既是滚滚财源，但也是巨大压力。那些日子，陈善平就被一笔笔合同压得喘不过气来。为了按时交货，他让渔民尽可能多捕捞。然而，一天，有一位渔民却和他吵了一架。

本来该收网了，可又来了一大群丁香鱼，这位渔民于是又下了一网。没想到多捕了鱼却错过了加工的最佳时间，结果先前捕捞的一网鱼变质了，渔民损失了一万多元。陈善平似乎比对方更心疼，他抱怨渔民没有把握好时间。渔民遭受了损失，反而被埋怨，于是没好气地说：“我不就是想多捕点？你要是真有本事，就该把工厂搬到海上去！”

虽说是一句赌气的话，却深深触动了陈善平的神经：“对啊，鱼是活的，捕鱼船是活的，为什么自己的工厂偏偏是死的？拆掉工厂，把厂子办到海上，鱼捕到哪里，工厂就移到哪里。”

想到就干，陈善平投资五千六百万元，使这一想法变成了现实。在陈善平为之取名的“华盛渔加一号”下水试航的第二天，亚洲最大的水产专业报纸《日本水产日报》在头版的位置上做了题为《世界第一艘海上加工船建成》的报道，并惊呼：“中国温州一家民营企业，把来自日本的加工设备搬到了船上。这是全球水产干制品海上加工的一大创举！”还不无感慨地说：“日本人为之奋斗了数十年、几代人的梦想，让中国这家小企业实现了，我们输了。”

其实，船上比岛上的工厂还多了两条加工生产线，除了一些零部件是从日本购买的，核心组件都是陈善平组织国内专家自造的。这样就节省了近一半的造价，而且自制的设备实用性更强，更先进。

有了这个海上“巨无霸”，捕捞出来的丁香鱼、毛虾，只需要二十七分钟，就变成了直接能吃的美味佳肴。因其生产过程完全在全自动流水线上完成，并不经过人的手碰触，因而没有任何污染。

2011 年，华盛水产的净利润已突破一亿元，2012 年可望达到一亿四千万元。为了满足市场需求，陈善平正筹备打造“华盛渔加二号”。

假如鱼上不了岸，你会怎么办？陈善平选择了“下海”，也因而打造出了属于自己的海阔天空。

每日拭亮一个太阳

每个人的头上都顶着一个太阳，其实我们心中也揣着一个太阳。当心中的太阳被尘埃遮翳时，我们要及时去擦拭；也就是说，每日都要拭亮一个太阳。

每日拭亮一个太阳，你就会勤于动心、敏于动手。由是，你就会抓住当下，掌控每一个现在；就不会荒疏自己的思想，不会懈怠自己的行为；就会让怯懦、恐惧的霾翳与尘埃无处藏身，你就会懂得美德和生命力从来都是由擦拭出的新亮的生命迸射而出的。

每日拭亮一个太阳，你就不会向一切霾翳或尘埃妥协。你就会明白即便给你曾经带来鲜花光环的东西，未必就永远鲜活和恒常光亮。那说不定是外界用来麻痹你的迷魂草，制约你的魔圈和牢笼。你就不会因为昔日的“明丽”而忘乎所以，沉湎其中而不能自拔。无谓的妥协与调和是愚蠢颟顸的行为，得到的只不过是庸俗的政治家、哲学家等人的恭维和奉承。今天要说出今天的想法，哪怕被误解，也要义无反顾。如此，你就不再一味地取悦于人，而是孩童般地向同时代的精英倾吐心声，并且能做到少说“我抱歉”，多说“我应该”，把自己的心智公布于众，从而每天都有一个新的自我，做到“苟日新，日日新，又日新”。

每日拭亮一个太阳，会让你对生活信心百倍。生于世界上，存于宇宙间，你会信心满满地说，他的星星并不比自己的璀璨，他的月亮并不比自己的皎洁，他的太阳也并不比自己的更加灿烂。尽管摩西、柏拉图以及弥尔顿，他们说话并非口吐莲花，喷珠唾玉，可他们却是公认的伟人，只因他们能够充满自信地蔑视书本教条，摆脱传统习俗，说出自己的，而不是别人的思想。没有必要窥人轨辙，看人模样，你就是你自己，只要你能够更多地发现和观察心灵深处一闪即过的火花，用它来镀亮心中的那一轮被擦拭过的太阳，你就比他们一点儿也不会差。

每日拭亮一个太阳，会让你时刻奉献出自己的一份光芒。你不会藏身于云海峰峦之后，也不会隐匿于苍苍林莽之中，而是彻照蓝天之上；你会让青竹绿林增碧添翠，会让湖光潭水耀金烁银；你会让荒丘变为绿洲，会让大漠成为渔乡；你会给苍白以缤纷，给贫乏以诗意；你会给浑浊以明澈，给沉闷以清新。你以你不凡的存在，诠释着世上所有景致，注解着时代的万丈风情。

每日拭亮一个太阳，今日之太阳绝不会与以往任何之太阳重复。拭亮一个太阳似埃及金字塔，拭亮一个太阳如中国古长城，拭亮一个太阳如法国凯旋门；拭一个太阳似秀美的杨柳，拭一个太阳如温柔的兰草……每一天，你就是敲打着能发出金石之声的你，你就是柔肠情深的你。自己不模仿自己，更不与他人雷同。你站着便巍巍然，倒下也会霞光万道；你挺立着展示着生命的灵动，倒下也会魂魄芳香。

每日拭亮一个太阳吧，你就成了一种预言，你会说，你就是一个无私无畏的勇士，阴霾与尘埃不会在你之心灵落脚，它们一旦见到你就会远远逃遁；你会说，你是一则抒怀的寓言，在叹惋夕阳短暂的时候，又将失去一个白天，可你知道你之生命中会又有着一个光亮的太阳正冉冉升起；你会说，你是一个豪迈的智者，风永远也不能把阳光打败……

快乐幸福就是“过好弯道”

在英国福特方程式惠灵顿赛车竞技中，她一举获得冠军。在开启香槟酒庆祝的时候，她激动得泪花闪烁。

在后来的一次活动中，杨澜问她：“你最高时速能开到多少？”她说：“其实，赛车比的不是谁开得快，而是过弯时谁的技术最高。过弯的速度决定了整个赛事的速度。”她还说：“过弯的速度就是人生的速度，掌握好了，才会辉煌，才会拥有自己的快乐。”这番话，正好诠释了她对快乐与幸福的理解。她就是出生于山东省济宁市的张岩。

大学毕业后，张岩以过硬的综合素质与姣好的形象被山东电视台录用。正在主持人做得风生水起时，她却辞职了。

原来，她有一个梦。

那还是八岁时，一天，母亲带她去公园玩儿。公园有好多好玩儿的，她却都不感兴趣，直嚷嚷要妈妈让她去开卡丁车。坐上车，只经过几分钟的磨合，从没开过车的她却比好多成年人都要开得快、开得好。那些成年人赞叹说，这孩子将来一定是名好赛车手。由此她播下了梦的种子。

辞职前不久，她又偶然在北京观看了一场 F1 场地赛。那赛车的引擎声，在她听来就是世界上最动听的音乐；那车每过一个弯儿，在她看来就是天底下最美妙的图景。她儿时的梦想由此又迸发了出来。

可当她说辞职要做一名赛车手时，父母坚决反对。父母都是普通工人，收入不高，而赛车却是一种花费极高的运动，赛车服、训练费以及参赛费，哪一项都不是千儿八百能够拿得下来的。更重要的是，在父母眼中，赛车就是玩儿命。

不说父母反对，就是在她去一家赛车培训学校报名时，连负责报名的老师也一再劝阻：赛车运动不适合女孩子，尤其不适合斯文娟秀的她。因为无论是场地赛还是拉力赛，车手都需要有过硬的胆识和体力。

但所有这些都没能让张岩退缩。在她看来，人生就在于敢于挑战自己，做自己喜欢做的事。她一定要过好人生中这一弯道。

选择了追梦也就选择了艰难的生命搏击。别看赛车手呼啸来呼啸去的神气劲儿，其实车内没有空调，为减少风的阻力车窗却要紧闭，高温时车内温度会达到60℃，这对赛车手的体能和心脏的承受力要求非常高。而且只要有0.01秒的失误，就有可能酿成一起重大事故。

张岩训练起来从来不怕苦，悟性也极高，比如一些较高难度的弯道变速动作，男学员一连十多遍也做不到位，可张岩只要做两三遍，就做得像教科书一样标准了。尽管如此，还是有件让人后怕的事发生了。

那是一个冬天，张岩在北京金港赛道训练。通过一号弯时，由于天冷风大，她自身的体重又偏轻，刹车还有点儿失灵，若按以往的做法，她一踩刹车，赛车定会一下子飞出赛道。只因有着过硬的技术，且遇事不惊，处置得当，她才得以化险为夷。

除了像这样在脑力上丝毫不能含糊外，正如她父母当初告诫的那样，经济上的压力也接二连三地袭来。训练结束得考试，以取得赛车驾照，可一万多元的费用她再也拿不出来了。她却相信没有过不去的坎，这不，那时正好有一家企业举行大型庆典活动，由于她曾是一名出色的主持人，经人介绍，她并不太费力地就接下了这个活儿，终于又让她的人生之车驶入到了风和日丽之中。

后来，她索性成立了一家广告公司。随着她在赛车方面知名度不断提升，除了承揽大型庆典活动外，她还有选择性地参加知名汽车厂商的试驾或推广等。赛车和广告事业相互促进，让她的人生进入良性循环的快车道。

你的梦有多高远，你的人生舞台就会有多大。六年来，张岩这位“80后”女孩儿不仅先后获得泛渤海挑战赛优胜奖、御车杯宙斯方程式公开赛北京站第三名、英国福特方程式女子比赛组冠军、马来西亚拉力赛第三名，她还成了京城车界知名度颇高的广告公司CEO。

张岩用她的青春靓丽、智慧以及执着，谱写了人生的精彩。她说，也许和一些人比，她的人生天空并不算最宽广的，但她相信自己生命的蓝天一定是最明媚、最美丽的。

人生要过好弯道。弯道对于人们来说，往往会是一种更大的挑战，也就需要更好地去把握；而一份真正的快乐幸福，就在对弯道的把握与对人生的挑战中。

姜钦峰

现居江西南昌，中国作家协会会员，《读者》《青年文摘》《意林》等期刊签约作家。在多家媒体开设专栏，已在国内外数百家报刊发表作品二百余万字。作品收入百余种丛书及中学生课外读本，十几篇文章被编入中学语文试卷，并有作品被拍成电视散文在央视《子午书简》播出。已出版散文集《像烟花那样绽放》《遇见美好》《每一个梦想都值得浇灌》《最美丽的谎言》等，合著若干。

打开那扇窗

她出生才三个月的时候，医生诊断她患有先天性白内障，就算做了手术视力也达不到0.1，这等于宣告她一辈子都将是盲人。父母将她遗弃了。刚十个月时，姥姥带她去医院做了手术。术后，左眼视力恢复到在一米远的距离能模糊地看见手指头；而右眼完全失明，她的世界几乎只有黑暗。

在姥姥的严格管教下，凭着过人的听觉和触觉，她可以单独出门，甚至拿东西也不必摸索。长大后，她进盲校学习钢琴调律，毕业后分配到一家钢琴厂工作。一天，她乘公交车去上班，照例拿出盲人乘车证，由于从外表很难看出她是盲人，售票员怎么也不相信她，两人发生争执，结果她下车时被车门夹伤了胳膊。半年后，她的伤好了，工作也丢了。

得找份工作养活自己才行。那时北京有二十多家琴行，她就一家一家上门去应聘。无一例外，当她介绍自己是盲人时，别人先是惊讶地张大嘴巴，随即把头摇得像拨浪鼓："盲人还能调琴？没听说过。"试也不试就把她打发走了。

连吃了几次闭门羹，她有些沮丧：谁让自己是盲人呢，不被人们信任也不足为奇。那天走在大街上，她忽然灵机一动：反正别人看不出我是盲人，下次应聘时，干脆冒充健全人！拿定主意，她又来到一家规模较大的琴行。果然，经理没看出她有什么异常，拿了一台琴让她调，她调得很准。经理又找了一台破琴让她修，工夫不大琴也修好了，经理大为折服，当即说："没想到你小小年纪又能调又能修，还非常熟练，你明天就来上班，月薪八百元。"她暗自扬扬得意，没想到略施小计就马到成功。

哪知道，经理却准备让她上门帮顾客调琴。偌大的北京，自己怎么找啊，她犹豫了一阵，只好如实相告："其实我是盲人。"经理一听，吓了一大跳："盲人？真没看出来，听说过盲人可以调律，但没想到你能调得这样好。"经理这句话让她心里重新燃起一线希望，于是她趁热打铁："盲人钢琴调律在欧美已有一百多年历史了，我学的就是欧美先进技术，一定会让用户满意，也能给琴行赢得好的信誉。"经理接着说："你的技术我看到了，但是你的工作只能是上门为用户服务，钢琴卖到哪儿，你就要走到哪儿，没人带你，你能找到用户家吗？再说，路上那么多车，要是你在路上被车撞了，我还得负责啊。"经理的话虽然说得直白，倒也合情合理、无懈可击，看来她只有打道回府了。

可她站着没动，稍加思索便反问道："北京一年要发生许多交通事故，到底撞死了几个盲人？"

"不知道。"经理真被她给问住了。

"一个也没有。"

"为什么？"

"俗话说，淹死的全是会水的。我看不见就会躲得远远的，汽车来了我就会尽量靠边，要是能上墙头，我肯定上墙了。"

短短几句话有理有据，还不乏幽默风趣，把经理给逗乐了："没想到你还挺幽默，不过……"她听到经理话锋一转，情知不妙，赶紧说：“您先给我一个月时间去熟悉大街小巷，到时候您再决定要不要我。”话已至此，哪怕是铁石心肠的人也不忍断然拒绝。经理被她的睿智和执着感动了，说：“只要你能胜任，我非常乐意把这份工作给你。”

一个月之后，她果然熟悉了全北京的大街小巷，顺利得到了这份工作。她在克服了常人无法想象的困难之后，渐渐在琴行站稳了脚跟，而且一干就是几年。因为技艺精湛，她的名声越来越大，那家琴行的生意也越来越好。就在老板准备重用她时，她冷静地炒了老板的鱿鱼，开始做个体钢琴调律师。如今，她是中国音乐家协会钢琴调律学会注册会员，现任北京陈燕新乐钢琴调律有限责任公司经理。她就是著名的第一代盲人女钢琴调律师陈燕。

一个盲女子，竟炒了老板的鱿鱼，成就了一番事业，全凭胆识和智慧。陈燕在接受电视采访时，一脸灿烂地说道：“上帝给你关上一扇大门的时候，一定会给你打开一扇窗。”是的，只要打开那扇窗，阳光就会洒满心房，照亮七彩人生。

锅底的出路

他出生的时候，恰逢抗战胜利，父亲满怀欣喜，就给他取名凌解放，谐音“临解放”，期盼祖国早日解放。几年后，终于盼来全国解放，但是凌解放却让父亲和老师们伤透了脑筋。他的学习成绩实在太糟糕，从小学到中学都留过级，一路跌跌撞撞，直到二十一岁才勉强高中毕业。

高中毕业后，凌解放参军入伍，在山西大同当了一名工程兵。那时，他每天都要沉到数百米的井下去挖煤，脚上穿着长筒水靴，头上戴着矿工帽、矿灯，腰里再系一根绳子，在齐膝的黑水中摸爬滚打。听着脚下的黑水哗哗作响，抬头不见天日，他忽然感到一种前所未有的悲凉——自己已走到了人生的最低谷！

就这样过一辈子，他心有不甘。每天从矿井出来后，他就一头扎进了团部图书馆，什么书都读，甚至连《辞海》都从头到尾啃了一遍。其实，他心里既没有明确的方向，也没有远大的目标，只知道，如果自己再不努力，这辈子就完了。以当时的条件，除了读书，他实在找不出更好的办法来改变自己。

书越看越多，渐渐地，他对古文产生了浓厚兴趣。在部队驻地附近，有一些破庙残碑，他就利用业余时间，用铅笔把碑文拓下来，然后带回来潜心钻研。这些碑文晦涩难懂，书本上找不到，既无标点也没有注释，全靠自己用心琢磨。吃透了无数碑文之后，不知不觉中，他的古文水平已经突飞猛进，再回过头去读《古文观止》等古籍时，就像喝凉水般容易。当他从部队退伍时，差不多也把团部图书馆的书读完了。就连他自己也没想到，正是这种漫无目的的自学，为自己日后的事业打下了坚实基础。

转业到地方工作后，他又开始研究《红楼梦》。由于基本功扎实，见解独到，他很快被吸收为全国红学会会员。1982 年，他受邀参加了一次“红学”研讨会，专家学者们从《红楼梦》谈到曹雪芹，又谈到他的祖父曹寅，再联想起康熙皇帝。随即有人感叹，关于康熙皇帝的文学作品，国内至今仍是空白。言谈中，众人无不遗憾。说者无心，听者有意，他心里忽然冒出一个念头，决心写一部历史小说。

这时候，他在部队打下的扎实的古文功底，终于派上了大用场。在研究第一手史料时，他几乎没费吹灰之力。盛夏酷暑，他把毛巾缠在手臂上，双脚泡在水桶里，既防蚊子又能取凉，左手拿蒲扇，右手执笔，拼了命地写作。几乎是水到渠成，1986 年，他以笔名“二月河”，出版了第一部长篇历史小说——《康熙大帝》。从此，他满腔的创作热情，就像迎春的二月河，激情澎湃，奔流不息。他的人生开始解冻。

毫无疑问，如果没有在部队的自学经历，就没有后来名满天下的二月河。他在二十一岁时跌入了人生最低谷，又在不惑之年步入巅峰。从超龄留级生到著名作家，其间的机缘转折，似乎有些误打误撞。但二月河不这么理解，他说：“好比一口大锅，当你走到了锅底时，只要你肯努力，无论朝哪个方向，都是向上的。”

录取通知

巴特比不幸遭遇了“黑色七月”——他接连申请了八所大学，不料全军覆没，颗粒无收。临近毕业的中学校园，仿佛大战前夜的城市，忽然兵荒马乱，再无往日的宁静。一纸大学录取通知书，把一个教室的同学们划分成了两个阵营，被录取的兴高采烈，落榜的则垂头丧气。几家欢喜几家愁，两手空空的巴特比心事重重，不知该如何向父母开口。

现实很残酷，却无法逃避，巴特比不得不把这个噩耗告诉父母。父亲大失所望，气得狠狠地训斥了他一顿；母亲则连连唉声叹气，就连妹妹也开始瞧不起他。由于巴特比糟糕的成绩，全家人都感到脸上无光，尤其是父亲，在同事和亲友面前简直抬不起头。巴特比灰心丧气，独自承受着巨大的压力，躲在家里度日如年。几天后，巴特比忽然收到一封邮件，拆开一看，他从沙发上一跃而起，疯狂地大喊大叫："我被录取了！"那是一张梦寐以求的大学录取通知书——他意外地被南哈蒙理工学院录取了！

喜从天降，一家人都高兴坏了。虽然这所大学的名气很小，全家人以前从未听过，但毕竟是大学，父母脸上又有了笑容。开学这天，父亲亲自开车将巴特比送到学校，并见到了校长。虽然校园规模不大，看上去还略显破旧，学生也不是很多，但是个个朝气蓬勃，父亲满意地回去了。然而他做梦也想不到，眼前的这一切，竟是个骗局！

大学是假的，大学生是假的，就连校长也是赝品，所谓的"南哈蒙理工学院"，纯属虚构！这所雷人的山寨大学，正是巴特比的杰作。他无法忍受父母的脸色，于是找到班上另外几位落榜生商量对策，一伙相同命运的中学生聚在一起，忽然迸发出一个天才的创意——既然没有大学要我们，干脆自力更生，创办一所大学，自己录取自己。

他们精心伪造了大学录取通知书，煞有介事地建立了招生网站，还成功说服了一位同学的叔叔临时客串校长。不可思议的是，他们居然找到一处刚刚废弃的单位大院，粉刷一新，于是“南哈蒙理工学院”横空出世。“开学”这天，巴特比又在网上召集了大批学生前来助阵，居然成功骗过了父亲。

这是美国校园喜剧《录取通知书》中的情节，故事荒诞离奇，笑料百出。我很意外，这部电影为什么是美国人拍的，而不是中国人拍的？韩寒读高中时，由于七门功课不及格，被迫休学。办理休学手续时，老师关切地问他：“你不上大学，将来怎么养活自己呢？”韩寒怯生生地答：“稿费。”办公室里所有老师都笑了，笑得意味深长。也许在老师们看来，只有大学才是通向成功的必经之路。

关于要不要上大学，巴特比与父亲曾有过激烈的辩论：“大学每年的学费是两万美元，根据我在网上查到的统计资料，一个只有高中学历的人，一年可以挣两万美元。也就是说，在接下来的四年内，你可以选择让我消费八万美元，或者让我出去挣八万美元。”巴特比极力想说服父亲，不要迷恋大学，大学只是个传说。父亲却勃然大怒道：“这个社会有它的准则，第一条准则就是上大学。如果你想融入社会，如果你想拥有快乐而成功的人生，就必须上大学。”

父亲固执地认为，大学是人生唯一的出路，然而不幸的是，巴特比通往大学的路却总在施工中。走投无路，他终于爆发，以恶搞的方式发泄了心中的不满。最具讽刺意味的是，父亲亲自去实地考察，居然没有看出丝毫破绽，看到这里，你还笑得出来吗？

这部电影是亲戚家的孩子向我推荐的，他说：“我看了三遍，哭了三次。”他遭遇了巴特比同样的命运。由于高考失利，原本挺活泼的阳光少年，忽然变得沉默寡言，多愁善感。我鼓励他继续努力，不要轻易放弃； 但是我还想说，大学不是人生的全部，仅仅是一个起点。如果说人生是一场马拉松，也许你会发现，起跑时冲在最前面的，往往不是冠军——谁都有机会。

有必要补充，那所山寨大学的校址，其实是个废弃的精神病院。

没有卑微的工作

米勒的演员梦，源于小时候的一次演出。大学毕业后，米勒去好莱坞寻梦，加入了福克斯公司。起初，他满怀期待，以为这里就是梦想起航的地方。但是没多久，残酷的现实就给了他当头一棒：在明星大腕云集的好莱坞，像他这样的新人遍地都是，他甚至连出镜的机会都没有。

米勒在公司身兼数职，一天到晚忙得不可开交，接电话、复印、传真、给大腕买零食、帮老板买午餐……除了演戏，他几乎什么事情都干过，跑腿打杂样样有份。他每天只有一项稳定的工作——遛狗！有些明星会带着宠物狗来上班，主人忙的时候，往往没有时间照看爱犬，于是他就有了用武之地，牵着狗出去散步。这项工作虽然有点儿滑稽，却并不轻松。有时狗会生病拉肚子，他必须给狗戴上纸尿片，确保不能让狗弄脏豪华地毯。

现实离梦想很远，但是米勒并没有抱怨——既然拿了薪水就要干活。他依旧尽心尽责，踏踏实实，每件小事都当成大事办，并力求完美。渐渐地，他在公司获得了良好的人缘，大家都对这个诚恳的年轻人心生好感，别人也愿意放心地把狗交给他。他从未放弃梦想，只是在耐心等待机会。

几年后，米勒终于迎来了一次重大机会——在一部电影中出演一名拳击手。为了演好这个角色，他做了最充分的准备，并参加了六个月的拳击训练。功夫不负有心人，他的表演很成功，获得了一致认可。这是一部大制作，有妮可·基德曼等大牌影星加盟，而且在许多电影节上获奖。对于新人而言，这简直是梦幻般的开局，能为他带来足够的人气和知名度。米勒踌躇满志，信心百倍，似乎看见成功的大门正在徐徐开启。

出乎意料的是，这部大制作并未给他带来半点机会，此后两年内，他没有接到任何片约，主要工作依然是遛狗。满怀期待，结果空欢喜一场，命运跟他开了个不大不小的玩笑。漫长的等待之后，终于又有人找米勒拍电影了，不过这次是小制作，名副其实的小制作，只有十分钟长的小电影。小就小点儿吧，好歹也是电影。可是看完剧本之后，米勒不禁大失所望。导演想让他演囚犯，然后因为感情问题，他还要从监狱中逃出来。米勒觉得这个角色不适合自己，而且他也不愿意演囚犯，怕自毁形象。但是思前想后，他还是勉强答应了。因为他只有两个选择，要么演囚犯，要么继续遛狗。

就像米勒事先预料的那样，这部只有十分钟的小电影，根本不会产生任何影响。不料一个月之后，福克斯公司忽然通知米勒去试镜，这是一部即将开拍的电视剧，剧中的男主角也是一名囚犯，讲的也是如何逃出监狱的故事。因为米勒刚刚演过囚犯，演得还不错，所以剧组想到了他。既然是试镜，肯定会有许多候选人参加，米勒只不过是其中之一。经历了上次的失落，他的心态已经平和了许多，并未抱太大希望。

在摄影棚试镜时，屋子里满满地坐了好几十个人，黑压压一大片，个个表情严肃，男主角的人选将由这些人决定。米勒作为新人去试镜，面对那么多挑剔的目光，心里却一点儿也不紧张，发挥自如。虽然他们都是公司高层或者明星大腕，但是在米勒眼里，既不神秘也不陌生，就像老朋友见面那么自然。因为在这些人当中，有叫他接过传真的，有经常叫他帮忙买零食的，当然还有不少人的爱犬早就跟米勒建立了深厚的友谊。实力、运气、人缘，在这一刻，米勒统统具备了，结果可想而知。

这部美国电视剧叫《越狱》，他就是风靡全球的“米帅”，温特沃什·米勒，在剧中饰演男主角迈克。人生总是充满了意外，你永远不知道，下一秒钟将会发生什么。没有一项工作是卑微的，眼下极不起眼的一小步，兴许就是通往巅峰的起点。

贫困不是理由

她只是个普通的农家女孩儿。

她在高考中考出了六百八十三分的好成绩，超出重点录取分数线近一百分。喜讯传来，一家人却陷入愁云惨雾之中：女孩儿一家五口，奶奶年事已高，母亲体弱多病，弟弟正上初中，全家的生活重担都压在父亲身上。父亲已经年过五旬，照顾几亩薄地；农闲时去附近煤矿挖煤，每天上午七点半下矿，工作到下午四点半才能出来吃饭。可即便如此，每月也只有几百元的微薄收入。为了供两个孩子读书，家里早已债台高筑，面对高额学费，如何去筹？

当地媒体报道了女孩儿面临的窘境，这引起了著名音乐人高晓松的关注。他决定资助女孩儿，并很快联系上她，在电话里郑重承诺："我在电视上看到了你的情况，决定资助你。"善良的他怕伤害女孩儿的自尊，特意又补充了一句："不是因为你贫困，而是因为你有才华。"

这对一筹莫展的李家而言，无异于喜从天降，女孩儿连声道谢。最后两人互相约定，女孩儿一旦拿到录取通知书就马上通知他，他会把学费汇过去。

半个月后，女孩儿致电高晓松的秘书："请转告高叔叔，我被浙江大学录取了。"当高晓松第二天准备汇款时，那女孩儿又打电话来了："高叔叔，非常感谢您的好意，可是我不能接受您的资助了。两天前，一位好心的伯伯已经资助了我大学四年的学费。昨天给您打电话，是因为我答应过您，被录取后一定要通知您。"

当时高晓松非常惊讶，也被女孩儿的诚实深深打动。可他仍然想帮助她，于是说："我知道杭州的物价很高，既然有人帮你出了学费，那我就负担你四年的生活费吧，每月五百，你看怎么样？""谢谢您！不过，我的生活费那位伯伯也资助了。希望您——能帮助别的比我更需要帮助的孩子。"女孩儿真诚地说。

其实，女孩儿完全可以接受第二笔资助，也没有人会去查证。这笔钱，可以还债，可以让父母及家人过得宽裕一点儿，可以给弟弟买一个新书包，可以让自己的大学生活滋润一点儿，可是她不假思索地放弃了，选择了诚信和善良。这让高晓松感到震撼。

这位内心富有的贫家女孩儿名叫李小萍，家在四川省内江市的农村。

此事传出之后，引发了一场不小的争议。很多人为她的所作所为感动，由衷地敬佩；也有人说她傻，以她的境况，同时接受两笔捐助也不违背情理啊！面对褒扬与质疑，李小萍依然平静，她解释说："我觉得诚信和自立是自己的责任，虽然我暂时贫困，可是我没有任何理由逃避这种责任。"

一位普通的中学生，简单的一句话，会令多少人感到汗颜！

纸条上的命运

从学校出来时，文斯·帕培尔垂头丧气，步履沉重——他又被解雇了。

文斯已到而立之年，却连份像样的工作都没有，依然穷困潦倒，一事无成。他本来是个代课老师，收入微薄；迫于生计，他还在一家酒吧做兼职吧员。即便如此，妻子总是嫌他无能，从骨子里瞧不起他，争吵时有发生。

文斯落魄而归。推开家门，没看到妻子，地板上却多了一张纸条。捡起来一看，他把纸条揉成一团，狠狠地扔进了垃圾桶，随即瘫在地上，像一块拧干的抹布。妻子已对他彻底绝望，竟然不告而别！雪上加霜，事业和家庭的双重打击，让他几近崩溃。

每天晚上，文斯依然要去酒吧上班，这是他唯一的收入来源，否则连房租都付不起。那天，文斯正在酒吧上班，一则电视新闻顿时吸引了他的目光。这新闻与橄榄球有关：费城老鹰队的新教练沃梅尔走马上任，宣布面向社会招募新球员，鼓励费城的球迷积极参加选拔。

文斯从小酷爱橄榄球运动，也是费城老鹰队的铁杆儿球迷。然而那时的老鹰队，却和文斯的命运一样，霉运不断，接连十一个赛季不胜，一败涂地。沃梅尔教练为了鼓舞士气，给球队带来一点儿新鲜的刺激，于是破天荒想出了这个主意。酒吧里，从老板到所有职员，都是狂热的橄榄球迷。业余时间，他们经常在停车场组织比赛，文斯是酒吧的头号“球星”，大家都鼓动文斯去参加选拔。可他想也没多想，就连连摇头——经历了一连串打击后，他对自己已彻底失去了信心。

下班回家，文斯打开电视，那条新闻正在重播，仿佛又在嘲笑他懦弱无能。他忽然想起了什么，赶紧找出垃圾桶，一阵狂翻，终于找到了妻子留下的那张纸条。他如获至宝，顿时勇气倍增。

七天后，文斯参加了选拔赛。他在高中时曾参加过一年训练，爆发力和速度惊人，尤其是他骨子里透出一股永不服输的韧劲，这些都征服了教练沃梅尔。在上千名参赛者中，文斯成了唯一的幸运儿，被留在老鹰队试训。

其实谁都明白，这次选拔赛与其说是选球员，不如说是集体娱乐——这种方式怎么可能选出真正的职业球员？美式橄榄球，被称为世界上最男人的运动，球员从头到脚都要用护具层层包裹，其对抗激烈程度可想而知。而文斯三十岁的年龄，显然成了他的致命弱点；几乎没有人看好这个兼职吧员，有的媒体甚至把他称作“费城南部的傻帽”。

文斯从未有过职业比赛经验，刚开始参加训练时，洋相百出。队友们也瞧不起他，时常挖苦讽刺：“老家伙，早点儿回家吧，别做美梦了，这不是你该来的地方。”文斯受尽了白眼和捉弄，独自顶着巨大压力，但他并未放弃，依然拼命训练。

妻子留下的那张纸条，就是他全部的支撑力量。他把纸条带进了更衣室，压在自己的球衣底下。每天训练之前，他总是先把纸条拿出来，认真看一遍，然后换上球衣，飞奔上场。集训结束后，文斯以优异的表现再次征服了沃梅尔教练，出人意料地进入了参赛名单。

1976年9月19日，老鹰队主场作战，对阵纽约巨人队。看台上人山人海，战斗即将打响，文斯平静地走进更衣室，又从球衣底下拿出那张纸条，凝视片刻，忽然把它撕得粉碎，然后飞奔上场。文斯爆发了，在最后一分钟力挽狂澜，帮助老鹰队夺取了一场久违的胜利。赛场沸腾了，从那一刻起，那个“傻帽”成了费城的英雄。

文斯在老鹰队共效力三个赛季，并成为球队的灵魂人物。在他的精神感召下，老鹰队上下团结一心，士气空前高涨，最终杀入了“超级碗”决赛。文斯以三十岁“高龄”，书写了橄榄球史上的一个传奇，同时也为全美国树立了一面旗帜。当时，美国社会正处在“水门事件”余波之中，加上越战伤痛和能源危机，一度使人们感到消沉迷茫。而文斯以自身经历告诉人们：相信自己，一切都不算晚！

多年以后，当人们旧事重提时，文斯说：“我应该感谢那张纸条。”

纸条上写着：“你是个窝囊废，永远一事无成！”

矫友田

1973年生于青岛，《读者》《思维与智慧》等期刊签约作家。迄今已出版《抚慰一生的智慧茶》《生命的慰藉》《图说老手艺》《火舞的蝴蝶》等作品近二十部，与人合著、主编图书三十余部。曾获冰心图书奖等。

1992年夏天的油画

我并不会作画，但是我却创作了一幅价值无比的油画。

那一幅油画，一直被我珍藏在记忆的展厅里。每当心情郁闷的时候，我就会走进去，与它交流一会儿。在那硕大的画布上面，弥漫着金子般的色彩。它犹如夏日的阳光，将我心头的乌云瞬间给驱散掉了。

1992年的夏天，在我人生的道路上，也算是一个不大不小的坎儿。那时候，孤僻的性格，使我辜负了众多人的期望，成为一名高考的逃兵。几乎同时，当我心怀忐忑地把一封饱含深情的“情书”塞给那位被我暗恋已久的女生时，等来的却是对方严厉的拒绝。当时，我居然幼稚地认为自己失恋了，像琼瑶小说里的男生一样，既痛苦又迷惘。

之后，我在小镇上的一家机械厂找了一份工作。然而，更令我失望的是，我的工作竟然是每天守着一堆像小山般的垃圾混合物，从里面翻捡一些锈迹斑斑的铁材下脚料。

在炙人的烈日下，我还要忍受着从垃圾堆里散发出来的刺鼻的腐臭。在忍耐了几天之后，我扔下了手中的工具，带着两手血疱和一脸失望，头也没回地离开了那家厂子。

我骑着自行车，像一只被抛弃在半途的大雁，在小镇的街道上，漫无目的地游荡着。我甚至认为，从我身边走过的每一个人都要比我幸福。在我的心里，只剩下了绝望。

晌午的时候，我竟不由自主地骑车到了田野的路上。在阳光的照射下，田野到处闪动着金黄的光泽。麦子已经基本熟透了，有些小块早熟的麦田，已经开始有人收割了。

在一条古河道上，我看到了两位在收割麦子的老人。那是一块狭长的薄田，以前应该是属于河道的一部分。不知道在哪一年，被两位勤快的老人垦成了麦田。

男的头发已经灰白，像他身上的汗衫一样。他在前面挥舞着镰刀割麦子。女的在他的身后，一边打捆，一边捡拾落在地里的麦穗。

老人好像有些疲惫，直起身来喘息了一会儿。原来，他的背驼得十分厉害，看起来就像一把磨钝的镰刀。她抬起衣袖，在他的脸上轻轻地拭了几下，将他脸上的汗渍拭去了。他咧开嘴笑了笑，而后，继续俯下身去，挥舞镰刀的姿势比先前还要洒脱、有力。

我站在对面的河道上，凝视着那两位收割麦子的老人。阳光，毫不吝啬地为他俩镀上一层金色。两位老人没有说一句话，然而浓浓的爱，却通过一个眼神、一个笑容或者一个动作，在两颗心之间无声地流淌着。

此时，麦田里的两位老人，就像一幅溢满爱的巨幅油画。我静静地品味着，从他们的身上，我忽然明白了什么才是真正的生活，什么才是真正的爱情。我为自己先前那个失恋的念头感到可笑，也为自己对明天的绝望而感到耻辱。

我也明白了，无论是生活还是爱情，只有经历过岁月的考验，才会绽放出最真最美的光泽。而我的一切一切，还都只是刚刚开始。

1992 年夏天的油画，伴着我一路走来。此后，我也经历过许多失败的打击和痛苦的眼泪，但是我从来没有失去过自信。

直到现在，当我用文字来记述这幅油画的时候，它仍在我的眼前熠熠闪光。

我感谢上苍，在1992年那个黑色的夏天，赐给我一幅充满光明的油画!

活着是一种责任

第一次深思“自杀”这两个字，是因为一个与我关系较为熟悉的同学，选择了自杀这条极端的路。她是一个长相文静的女孩，大专毕业之后，应聘进入一家外资企业工作。因为工作表现出色，她被公司提升为财务主管。

就在这个时候，她患上了一种头疼症。每天，她都被病痛折磨得神情恍惚，后来不得不住院治疗。两个月之后，当她出院时，却发现自己的工作被另一位同事替代了。另外，与她恋爱的男友因为户口在异地，遭到父母的反对。

那一个下午，她的情绪一定痛苦到了极点。于是，她趁父母在外工作之际，偷偷喝下了一瓶毒剂。当药力发作之后，她才开始后悔，颤抖着拨打父母公司的电话；尔后，她痛苦地往室外爬去。虽然她的父母紧急赶了回来，在邻居的帮助下，将她送入医院抢救，但结果还是抢救无效去世了。

刚得知她去世的消息时，我久久不敢相信。在这个世上，还有什么比面对死亡更大的勇气呢？一个人既然连死亡都不畏惧，生活中的那一点儿坎坷和磨难又算得了什么？

我有一位远房表叔，曾听他讲过这么一件事情：他年轻当兵的时候，曾参加过唐山大地震的抢险工作。

1976 年 7 月 28 日凌晨，唐山发生大地震。表叔所在的部队，于当天下午渡过滦河，抵达古冶火车站，参加抢险救灾工作。

当时，整个灾区被一片恐怖、惊慌和悲痛欲绝的气氛笼罩着。到处是一派残垣断壁、尸体横躺的悲惨景象。由于铁路交通中断，古冶火车站里有几车皮西瓜尚未运出。又饥又渴的当地居民，得知这个消息后，纷纷涌入火车站，拿西瓜充饥解渴。

此时，一位中年男子，抱着三个西瓜，将其中两个放入车筐；另一个用拳头砸开，然后，用血肉模糊的手指抠西瓜瓤吃。而他自行车的后架上，用被子裹着一具尸体，鲜血还在往下滴。

表叔和另外几名战士，强忍住悲痛，上前问："被子里裹着谁呢？"

那男子答："是妻子，准备找块地埋掉她。"

表叔继续问他："家里损失如何？需要我们帮什么忙？"

他强忍着痛苦，始终不让眼泪流出眼眶："父母和妻子都被砸死了，留下我和两个孩子。这两个西瓜是带回去给他们吃的。比我们惨的人家还有。死的已经死了，活着的就要好好活下去。你们快去那片家属院看看，说不定还有活着的……"

一晃，听表叔讲这件事情过去近二十年了，但是那个男子最后说的话，至今都在我耳畔回响。

一个人，必须随时准备忍受命运带给的不幸。否则，就永远不敢去希望，去爱。生活时不时地会对一个人变得残酷，甚至许多不幸会接踵而来，譬如疾病的折磨、事业的挫折、亲人的离世以及婚姻的失败等等。

然而，我们此时更应该懂得，一个人活着，不仅仅是为了自己，肩上还有不可推卸的责任，谁也无权剥夺自己的生命！面对所有的痛苦和不幸，一个人唯有学会坚强，勇敢地面对厄运，像那个经历过莫大悲痛的男子说的那样——“好好活下去！”

绝境中的考验

山火发生得很突然。

当时，他正和几个小伙伴儿瞒着大人，偷偷爬到后山上采摘红果儿。起初，山火并不大，但是因为气候干燥，再加上后山上草木茂密，山火很快朝他们蔓延过来。

浓烟和热浪，顿时将深秋初降的冷气湮没了。

当那群孩子发现山火像一条巨大的火龙，打着卷儿朝他们扑过来的时候，一个个惊恐万分。他们就像被猎犬追赶的野兔一样，一边喊叫着，一边疯狂地朝山顶逃去。为了不被身后扑将上来的山火包围，他们将采摘的红果儿全部扔掉了。

他们原本认为，翻过那一道石壁到达山顶之后，就会避开山火，进入安全地带。然而，当他们狼狈不堪地爬上山顶之后才发现，山火好像故意跟他们玩了捉迷藏似的，刚才竟在他们的身后绕了一个弯子，继而，从侧面扑了上来。

浓烟将天空搅得一片灰暗，他们根本分不清下山的路，更不知道该往哪个方向走才能避开山火。除了他，剩下的那几个孩子都惊恐而绝望地哭喊起来。

但是，他们的哭喊声，转瞬之间便被山火席卷草木所发出的杂音吞没了。山火距离他们越来越近了，他们感觉仿佛置身于一个硕大的火炉里一样。

这个时候，可能是因为恐惧至极，他们反而停止了哭喊，一个个都呆呆地站在山顶上，如同木雕泥塑似的。

蓦然，他发现脚下草丛里有一些还未僵死的蚂蚱、蝈蝈等小昆虫，竭尽全力地朝一个方向涌去。

它们一定预感到了，灾难降临到了眼前！在这个念头闪过之后，他已经顾不得犹豫，立刻吩咐小伙伴儿们赶快撒尿，像他一样用手掌将尿液接住，并浇到自己的头发上。然后，他镇定而有力地喊道："我认识路！你们赶快跟我走！"

果然，那些小昆虫能够"趋吉避凶"。一个小时后，他们平安抵达半山腰的安全地带。他没有让一个小伙伴儿掉队；只是，他们虽然已经各自往头发上浇了尿液，但是头发仍被烧焦了不少。

他们的家长和前来帮助寻找他们的乡亲，悲喜交加地扑上前来，将他们紧紧地抱住。依偎在母亲怀里的时候，他忍不住哭了。

然后，他告诉了母亲，其实刚才在山顶上的时候，他也很害怕。但是他不敢表露，他害怕小伙伴儿们因此而失去逃生的信念。他也不敢告诉他们，在被山火围困的时候，其实他也分辨不清方向，刚才只是向着那些昆虫逃生的方向走。

母亲一边抱紧他，一边哽咽着说："孩子，你很了不起。从现在起，你已经变成了一个真正的男子汉！"

那一年，他才十三岁。

现在，已身为一家大型集团公司总裁的他，在每一次欢迎新员工的会议上，都要讲一遍这个发生在三十二年前的故事。

然后，他就会语重心长地对那些新员工们说："你们一定要对工作和生活充满希望。无论身陷何种困境，都应该相信自己能够战胜所有降临的厄运！我就是三十二年前的那个小男孩儿！"

心灵的高度

周末，一位在报社做记者的朋友邀我去观看一场特殊的比赛。那是一场为残疾人募捐而组织的足球义赛。

如果没有注意到足球场边那个大型电子屏幕显示出的两排醒目的红字"为了使比赛顺利进行，请您保持安静"，谁也不会相信，那些在足球场上娴熟地奔跑、拼抢和盘带的球员们，竟是一些双目失明的残疾人。

我和朋友坐在一个紧靠球场边的位置上，隐约能够听到那个特制的足球在球场上空飞旋或在地上滚动时所发出的哨音。那些双目失明的球员们，就是根据那种声音来判断足球运动的方向。

眼前比赛的场面，虽然不像职业球赛那样精彩，但是他们奔跑时的每一个姿态，都令我们的内心充盈着一种莫名的感动，忍不住想为他们喝彩。

尤其是在他们抬脚怒射的时候，不管是失之毫厘，还是差之千里，看台上的观众都会忍不住沸腾起来。突然之间，大家好像都忘记了电子屏幕上的提醒。

在比赛结束的时候，我跟朋友一起跑上前去采访了那位刚才在比赛中梅开二度的球员。

在采访中，我们问了他这样一个问题："你为什么会选择足球运动呢？"

此时，他脸上仍流露着刚才进球时的兴奋神情。他一边拭着额头上的汗水，一边回答说："我作为一名盲人，却选择了足球运动，你们一定会感到很好奇吧？其实，第一次认识我的朋友都会把这个疑问带给我。十年前，当我被教练选入这个特殊球队的时候，我对自己也产生过怀疑。"

朋友继续问道："那是什么原因使你坚持下来了呢？"

他仍微笑着回答说："记得那时候，教练这样对我说过：'如果你真不相信自己，那你就真不行了。可是，你为什么不努力尝试一下呢？没有经历过，你怎么能断言自己不行呢？'从此，我牢牢记住了这句话，并坚持了下来。现在，我也能像队友们一样，在球场上自由地奔跑了。"

我们听到这儿，都朝他投去钦佩的目光。尽管他看不到我们脸上的表情，但是通过彼此交谈的话语，他一定能够感受到我们内心对他的敬重。

继而，他颇为感慨地说："我想，在每个人内心里都架设着一个球门，它的高度其实是由自己来调控的。假如我一开始就表现出胆怯，那么球门的高度就会不断地缩减，甚至会缩减至不到一个足球直径的距离，对于我来说永远都不会有进球的纪录了。还好，我最终选择了自信，因此球门的高度在我的心中则是不断地增加。因此，我进球的纪录也在一天一天地改变。”

是啊，心灵的高度，往往决定着我们人生和事业的高度。在厄运面前，如果我们总是一味地退缩，那就永远不会有成功射门的机会。我们只有勇敢和自信起来，使自己心灵的高度不断地提升，才会赢得美丽的收获！

阳光下，请抬起你的头

那一年夏天，我因为一时没有找到合适的工作，便进入镇上的一家型煤厂做临时工。那是一项又脏又累的活，车间里飞扬的煤屑，将每一个人都围裹起来。再经过汗水的冲刷，每个人的脸上都像涂上了黑色的油彩似的，十分滑稽。

当时，那家型煤厂的厂长可能是认为我的身体比较瘦弱，便安排我跟一位姓苏的老师傅负责出库。其实，出库也是一桩累差事，只不过跟别的同事相比，我和苏师傅稍微多了一点儿自由罢了。

那时候，我俩的主要任务就是将车间里那一箱箱制作好的煤球搬到一辆人力板车上，然后再将它们拉到附近的一个车库里存放起来。

时而，我和苏师傅还要拉着板车，装载着一二十箱煤球，给附近那些定购型煤的居民和店铺去送货。

刚开始，我宁愿待在车间里多出一些力气，也不愿意跟苏师傅一起到外面送货。每当我俩拉着板车行走在街市上时，我们那乌黑的面孔总能招惹来许多异样的目光。尽管那些眼神里包含着的并不一定都是嘲讽，但是在我的感觉中，那些目光仍火辣辣的，刺得我抬不起头来。

可是，苏师傅的表现却跟我截然不同。他总是一边弓着身子用力拉着板车，一边微笑着浏览路旁的风景。苏师傅认识的人很多，经常见他抬起手来，笑呵呵地跟别人打招呼。偶尔，他也会笑着逗弄我说："怎么鼻梁上架了副眼镜就怕人瞅，咱用水褪出来不照样还是个帅小伙儿啊？"继而，他就嘿嘿地笑，乌黑的面孔上泛起孩童般的笑容，露在嘴唇外的那两排牙齿显得愈加洁白了。

其实，苏师傅已经将近六十岁了，他头顶上稀疏的头发早已经花白了，只不过被煤屑的灰尘给遮掩住了，反而呈现出几分年轻的神采。

还不到两个月的时间，当时跟我一起进厂的几个年轻人都选择了辞职。而我也在犹豫当中，只是还没有找到合适的工作。苏师傅当然也猜到了我的心思。

那天在送货的途中，苏师傅示意我停下车子休息一会儿。他蹲在马路旁边，卷上一支纸烟，并点燃。他一边吸着，一边问我道："你也想着辞职吧，那你找好工作了吗？"

我摇了摇头回答说："如果找到合适的工作，我早撒丫子了。你说天底下哪份工作不比咱这活儿强？"

苏师傅吐出一口烟，很认真地说："是啊，年轻人总得有点儿志向。不过，你眼前还没有找到别的工作，那咱爷儿俩暂时还要合作下去。别人可以看不起咱这工作，但是咱不能自己看不起自己。”

苏师傅说完，啐了一口唾沫便站了起来。就在那个送货的下午，发生了一件会让我铭记一辈子的小事。

那是在一家小饭店门口，我和苏师傅忙着帮店主往店里搬运煤球。恰在这个时候，一个打扮时髦，刚在饭店里吃完饭的女人从里面疾步走出来。我躲闪不及，差点儿跟她撞个满怀，不过被盛满煤球的塑料筐挡住了。

她尖叫一声，洁白的裙子上被印上了一团污渍。我连忙尴尬地跟她道歉，而此时她的面孔因为气愤而开始变得有些扭曲，她怒斥道：“你没有长眼啊？”

跟在女人身后的，是一个身材魁梧的男子。他看到女人被弄脏的连衣裙，顿时明白了刚才所发生的一切。他不由分说，挥拳朝我的面部打过来。苏师傅眼疾手快，使劲往旁边一拽我，而他的身子却迎了上去。那一拳重重地落在苏师傅的腮帮子上，血水止不住地从他的嘴角流了出来。

此时，旁边围过来很多看热闹的。在店主的劝说下，那一对男女才骂骂咧咧地走开了。而我一直站在旁边，愧疚地低着头。

苏师傅拭了一下嘴角的血水，大声对我说道：“把头抬起来，接着干咱的活儿！咱虽然衣裳脏，可是咱的心是干净的！”

在往回走的路上，我仍像先前一样沉默地拉着盛满空塑料筐的板车，但是我不再像以前那样低着头，故意躲避行人的目光了。我像身旁的苏师傅一样，迎着阳光，把头抬得高高的。那一刻，我的眼睛里热辣辣的，耳畔一直回响着苏师傅说过的那句话：“咱虽然衣裳脏，可是咱的心是干净的！”

转眼之间，这些事情过去将近二十年了，苏师傅也在两年前去世了。记得，我的第一本集子出版的时候，我在去探望苏师傅的时候，特意给他带去一本。当时，他因为中风而瘫痪在床上。虽然苏师傅识字不多，但是他知道这本书是我自己写的。他抚摸着那本书的封面，显得很兴奋。

当我对苏师傅回忆起那段他因我而被打的经历时，老人却早已不记得了。也许那个下午，在苏师傅的眼里，只是一个平平常常的下午吧。

不过，当我提起他说过的那一句话时，苏师傅颇为感慨地说："只要咱心里干净，咱不管什么时候都可以抬着头走路。"

我从苏师傅朴实的言行中，体味到了什么才是真正的自尊和自强。在生活中，不管从事什么样的工作，只要你的心灵是干净的，那么你就不是卑微的。别人可以看不起你，但是你不能自己看不起自己。在灿烂的阳光下，我们都要昂起头来，给人生留下一道自尊和自强的风景！

迎接死球

有一个小男孩儿，从小就酷爱打羽毛球，练就了一身不凡的功夫。因此，他被选送入市少年羽毛球队。在一些地区性的比赛中，他经常获得优异的成绩。

后来，他被一位著名的教练相中，并将他带入了国家青少年羽毛球队，进行更加专业的训练。

在训练的时候，他的教练总是安排一名身材比他高半个头的队员与他对打。那名队员因为占有身高的优势，再加上发球凶猛、刁钻，因此每一次对打，几乎都是以他失败而告终。

在接下来三个多月的训练中，他只赢过对方寥寥几场，他的心情郁闷到了极点。有一天，教练在旁边认真地观看他俩对打。在关键时刻，对方连续几记重扣，他几次接球均失败。

终于，他忍耐不住内心的失望与愤怒，把球拍狠狠摔在地上；尔后，他躺倒在训练场上，掩面啜泣起来。

见此情形，他的教练走上前去，严肃地质问道：“你为什么要摔掉球拍？”

他被教练严肃的表情给慑住了，讷讷地说：“我恨自己的技术没有长进，这么长时间来总是输球——”

此时，教练脸上的神情丝毫没有放松，继续问道：“你首先应该清楚这是国家队，这里高手如云！难道你摔掉球拍，便可以赢得比赛吗？”

听了这话，他无言以对。

于是，教练便带他一起到场外散步。这时候，教练说话的口气温和了下来：“当你面对一个强大的对手时，你会怎么选择呢？”

他思忖了一会儿，没有想到一个合适的答案。

教练对他解释说：“你只有三个选择——第一就是闭上眼睛，任由对方凌虐；第二就是像你刚才一样，摔掉手中的球拍，发泄内心的愤怒；还有一个，就是你可以选择举起球拍，用壮士断腕的心态面对这要命一球。但是，请你记住，只有最后一个选择，才有可能给你一个扳回的机会！”

说完这些话，他的教练头也没回地离开了。那个晚上，他失眠了，一直在回味着教练留给他的那句话。

他恍然醒悟过来。在以后的训练中，他既没有选择保守和怯懦，也没有选择愤怒和浮躁，而是选择用勇气和毅力，去面对对手扣出的每一个死球，并对自己技术上的失误进行认真的剖析和纠正。

他的球技出现了质的飞跃。后来，他屡屡在一些国家级和世界级的羽毛球大赛上获得优异成绩。

生活很少会怜悯那些内心怯懦、性情浮躁的人。对于我们，应该像那位教练说的一样，用壮士断腕的勇气和信心，去迎接生活扣给我们的每一个死球。即使有过失败，也可以提升我们的动力。只有这样，我们才能赢得更多成功的机会！

李良旭

现居安徽马鞍山，《读者》《青年文摘》《意林》《格言》《特别关注》《思维与智慧》《微型小说选刊》等期刊签约作家。从事文学创作三十多年，已发表文学作品三百多万字，有多篇文章在全国文学大奖赛上获奖，并有多篇文章入选中考语文试卷和中学生课外阅读书籍。许多文章先后被收录在《带着智慧远行》《永远不要找借口》《智慧的人生不寂寞》《回回头看见爱》《修好自己的这颗心》《穿越时光的思念》等八十多部图书中。

你也有出彩的地方

苏姗接手八年二班这个班时，许多老师对她说：“这个班可是个有名的差班，有许多调皮的学生。他们经常打架斗殴，迟到早退。特别是这个班有个学生名叫卡尔吉斯，更是出了名的调皮大王，他经常搞些恶作剧，让老师无法把课讲下去，课堂纪律一塌糊涂。校长提到这个班也很头痛，其他老师接这个班，不长时间就给气跑了。”

苏姗听了，嫣然一笑道：“是吗？那让我试一试吧！”

苏姗从缅因州奥罗诺大学毕业后不久，在奥古斯塔市这所中学找了一份教师的工作。没想到，校长卡尔森就把这个出了名的差班让她来教。听到大家对这个班的评价，苏姗心里面充满了好奇，心想：这个班真的那么差吗？

苏姗夹着讲义，向八年二班走去，一路上心里还在想着这个班的学生究竟是怎样一群调皮的学生呢？

她走到教室门口，看到教室门关着，就伸手推开门。突然，从门上掉下一把拖把砸到她的脑袋上，吓了她一大跳。她惊愕地上下察看着。

看到苏姗被拖把砸中，教室里传来哄堂大笑声。苏姗这才明白，是有学生在搞恶作剧，将拖把放在门上，她一推门，正砸中了她的脑袋。

苏姗像什么事也没有发生似的，整了整头发和衣裳，平静了下自己的情绪，然后面带微笑，落落大方地走向讲台。她将讲义放在桌子上，正要讲话，突然，桌子下面又喷出一条细细的水柱，水柱直冲苏姗的脸上喷来。

猝不及防，苏姗的脸上喷溅了许多水花，眼睛都睁不开了。教室里又传来一阵哄堂大笑，还传来敲打桌子的声音，并响起尖利的口哨声。

苏姗边擦去脸上的水花，边环顾着教室里那张张喜笑颜开、青春洋溢的面孔，心里不禁涌起一缕柔软。她想：多么可爱的孩子啊，他们就像自己的弟弟、妹妹，既聪颖，又调皮，如果能正确加以引导，这些孩子将来一定有个远大的前程。想到这，她脸上露出温和的笑容，说道："同学们好！我是新来的苏姗老师。我一来，同学们就以这种热情的方式欢迎我，我感到非常高兴！这自动喷水装置是谁设计的啊，设计得这么巧妙，他一定是一个非常聪明的学生。"

苏姗说到这，同学们面面相觑，感到很困惑和不解——原本以为苏姗要大发雷霆，把同学们大声训斥一通，没想到，苏姗不仅没有训斥他们，反而将他们夸奖了一番，这可是他们从没有受到过的礼遇啊。教室里顿时安静了下来，同学们低下头，心里有一种暖融融的情愫在萦绕。

这时，有个女生小声地说道："这是调皮大王卡尔吉斯搞的，他就是喜欢这样捣乱。"

苏姗听了，笑着说道："噢，谁叫卡尔吉斯？他能设计出这么一个自动喷水装置，一定是一个非常聪明的人！"

苏姗说到这，同学们都往教室后面看去。只见从后面座位上站起一个瘦瘦高高的大男孩，他斜着身，两眼望天花板，抖着一条腿，一脸满不在乎的样子。

苏姗笑着说："你就是卡尔吉斯同学？你真了不起，谢谢你的自动喷水装置，老师对你这种设计的精致和巧妙很赞赏！”

卡尔吉斯听了，仿佛不相信自己的耳朵，他满脸疑惑不解地望着老师。苏姗笑着说：“怎么啦？怎么这样看着老师？好像有什么疑惑的问题？”

卡尔吉斯喃喃地说道：“我是第一次听到有老师说我是一个聪明的人，大家都说我是一个调皮大王。”

苏姗笑着说道：“孩子爱调皮是天性。我在上学的时候也很爱调皮，有人说我是个疯丫头呢，结果怎么样？我考上了大学，还到了这所学校给你们当了老师，这是多么幸福的事啊。”

听了苏姗的一番话，教室里一片寂静，同学们都端坐在座位上，仔细地听苏姗讲话。那张张仰起的面孔，充满了天真和稚嫩的神色。

苏姗深情地说道：“我们每一个人在成长中，都有自己的一种个性。如果总是强调一个口号、一个步伐、一个特点，如此整齐划一，步调一致，反而没有了锋芒和棱角。我们每一个人，就像每一片树叶一样，都有不一样的地方，这才构成了我们芸芸众生，这个大千世界。当然，我们提倡个性飞扬的特点，也要分清场合与地点。如果能很好地处理好这个方面，我相信，我们每一个同学在这个社会上都有出彩的时刻。”

同学们都抬起头，静静地听苏姗讲解着，大家的脸上好像凝重起来，多了一份沉思和心事。苏姗笑着说道：“我们这就算认识了，下面我们开始讲课。哦，对了，下午放学后，请卡尔吉斯同学到我宿舍去一下，请你帮我把自来水笼头修一下，我那自来水笼头总是关不紧。”

卡尔吉斯听了，脸上闪烁着幸福的光芒，连声说道：“好的，这个我会！”说罢，他显得有些羞涩地用手抓了抓头。

苏姗惊讶地发现，这堂课的课堂纪律非常好，同学们都很专注。看到旁边有同学不注意听讲，卡尔吉斯还提醒别人不要讲话，认真听老师讲课。这一幕情景，让苏姗欣喜不已，她感到孩子是那么可爱、聪明，在他们身上，仿佛闪烁出耀眼的光彩。

放学了，苏姗还和孩子们在操场上做着游戏，她就像个大姐姐，带领着一帮小弟弟、小妹妹在一起玩耍。操场上，传来同学们阵阵欢声笑语。

校长卡尔森惊讶地发现，苏姗自从带了八年二班后，从来没有向他诉过苦，每天她的脸上都溢满着笑容。更让他惊讶的是，这个班的学生好像换了人似的，同学之间打打闹闹的现象几乎没有了。有几次，他从这个班的窗前经过，发现同学们都在认真地听老师讲课。

中考结束了，八年二班三十名同学全部考上了高中，曾经被称为调皮大王的卡尔吉斯还考上了奥古斯塔市第一重点中学。

卡尔吉斯在向苏姗话别时，激动地说道：“我曾经被人称为是不可救药的调皮大王，身上一无是处。是您来了后，对我说的那句‘你也有出彩的地方’，让我看到了信心和力量。其实，在我内心里，也时时想出彩。我曾经常常搞出一些恶作剧，就是想让别人看到我出彩的地方，只是用错了地方。出彩，其实是我们每一个人心里都有的一种想法，只是得不到机会展示。”

校长卡尔森请苏姗谈谈将这个有名的差班转变为先进班的体会。苏姗听了，眸子里闪烁着一丝晶莹的泪花，她深情地说道："我上学时，许多人都说我是一个不可救药的疯丫头。后来，来了一位新老师，她对我说了这么一句话：'你也有出彩的地方。'就这一句话，给了我无穷的信心和力量。对于每一个孩子来说，他们最渴望的是希望别人看到他们身上出彩的地方。如果我们每一个老师，都能给予他们信心和力量，他们一定会放射出艳丽的色彩来。"

卡尔森听后，陷入了久久的思考中……

后来，卡尔森将"你也有出彩的地方"作为学校的校训，学校也成为奥古斯塔市一所有名的中学。那句"你也有出彩的地方"被该市许多人传说着……

当别人都哭时，你可以不哭

吉利是个十分聪明可爱而又有些调皮的孩子，小小年纪，他就会组装各种电动玩具。他组装出的玩具大吊车，悬臂能伸出两米多，可以轻松吊起一个电饭锅。母亲见了，直呼："我的儿子太厉害啦，快能把你妈妈吊起来了。"说罢，在吉利的额头印上了一个深深的吻痕。

吉利有些羞涩地摸了摸自己的额头。他想，要是真能设计出一种能把妈妈吊起来的玩具大吊车，那可就真厉害了。

当别的孩子被家长送去学钢琴、学舞蹈或者学音乐，吉利却待在家里，静静地组装他的各种电动玩具。他的一间小卧室里，摆满了各种电器原配件。母亲看到他房间里总是乱糟糟的，经常帮他收拾房间；如果两天没收拾，房间里便会无从下脚。

母亲经常帮吉利收拾房间，可却常常招来他的强烈抗议，说是弄乱了他的东西。母亲看到儿子严肃的面孔，用手抚摸着他的头，轻轻地叹了一口气，那满是爱怜的目光里，流淌着缕缕慈祥和温暖。

上学了，吉利的书包里，比别的孩子总是多了一种东西，显得鼓鼓囊囊的：一些电器原配件。他的书包被同学称为“百宝箱”。班上的女同学丽莎骑的自行车经常坏，多亏了吉利帮她修理，才使得她骑得顺利。一次，丽莎上学骑到半路自行车链条掉了，眼看就要迟到了，急得丽莎直跺脚。几个同学见了，想帮忙，可一个都不会。

这时，吉利从后面赶了上来，见此情景，马上从书包里掏出工具，很快就将链条弄上去了，还把链条重新紧了紧。他对丽莎说，以后这链条再也不会掉下来了。

丽莎高兴地拥抱了吉利，说：“吉利，你真是我最崇拜的人！”

吉利有些羞涩地摸了摸脑袋，脸上飞起两片红霞，好像映红了天空。

老师将吉利母亲喊到学校，向他母亲告状，说吉利学习不太好，而且他的抽屉里堆满了电器原配件，这样下去，将来怎么考上大学？上不了大学，还怎么能找到一个好工作？现在大家都在拼命学习，就是为了将来能上大学，找个好工作。老师叫吉利母亲给吉利请个家教，给他好好辅导一下。

母亲回到家，眼圈儿红红的。吉利忐忑不安地望着母亲。母亲看到吉利明亮、清澈的眼睛，心中顿时溢满了柔软。她伸出手，抚摸着吉利的头，充满爱怜地说道：“孩子，老师夸你呢，说你很聪明，设计出的电动玩具很厉害！”

吉利抬起头，将信将疑地问道：“是吗？”

母亲扭过头去，用手抹了一下眼睛，然后轻轻地说了句：“孩子，当别人都哭时，你可以不哭，这没有什么不好。”

听了母亲这句话，吉利用手抓了抓脑门儿，有种疑惑和不解的神色。

吉利给班上设计出自动黑板擦，减轻了老师许多劳动负担，也提高了老师的讲课效率。其他班上的老师纷纷赶来参观，直夸这个设计很有独创性；他们还邀请吉利给他们班也设计一个这样的自动黑板擦。

吉利每天都显得很忙碌，但他脸上溢满了兴奋和快乐。

老师又将吉利母亲喊到学校，气愤地向她告状说，吉利考试成绩在班上又是倒数，这样下去，考大学是很困难的。

母亲回到家，吉利忐忑不安地望着她。母亲眼圈儿红红的，但她依然伸出手，充满爱怜地说道：“孩子，老师夸你呢，说你设计的电动黑板擦，成了老师的骄傲呢。”

吉利抬起头，将信将疑地问道：“是吗？”

母亲扭过头去，用手抹了一下眼睛，轻轻地说了句：“孩子，当别人都哭时，你可以不哭，这没有什么不好。”

听了母亲这句话，吉利微微一愣。他看着母亲，眼睛顿时湿润了。

中学毕业后，吉利上了一所职业技术学校。他回到家，有些内疚地告诉母亲：“妈妈，我们班上有许多同学考上了大学，我只考上了这所普通的职业技术学校，您生我的气吗？”

妈妈笑道：“孩子，你能上这所职业技术学校，也很了不起啊！孩子，当别人都哭时，你可以不哭，这没有什么不好。”

母亲又说了这句话，吉利听了，心里猛地一震。那一刻，他仿佛对母亲说的这句话有了一定的理解。他走到母亲跟前，轻轻地拥抱着母亲。顷刻间，泪水悄然滑过面颊。

在职业技术学校里，吉利进一步发挥了自己的特长，他发明了许多小发明、小创造，他成了老师的骄傲、同学们学习的榜样；他还被聘为“编外”老师，经常给同学授课。

老师把他母亲请到学校，紧紧地握住她的手，激动地说道：“感谢您培养出了这么一个聪明、伶俐的孩子，他真是我们全校同学学习的榜样！”

母亲听了，再也控制不住内心的情感，禁不住潸然泪下……

在学校里，吉利还没毕业，就被几家大公司点名邀请去参与他们的产品设计，并向他发出了高薪聘请。

几年后，当年他的许多同学大学毕业后还在为找工作四处奔波时，吉利已成为美国著名的波音公司的高级工程师。

当年的中学母校邀请他回校给师生作报告，向同学们讲述他成长的经历。

在演讲中，吉利深情地说道：“我曾经是一个不被老师看好的另类学生，老师常常将我母亲喊到学校训斥。我知道，那一刻，母亲的心里一定如万箭穿心。可母亲回到家，总是对我说：‘孩子，当别人都哭时，你可以不哭，这没有什么不好。’渐渐地，我明白了一个做母亲的那颗包容、慈爱的心灵。我就是在母亲这种包容、慈爱的关怀下，搞着我喜欢的小发明、小创造，我一直在快乐地成长着……”

吉利的演讲，给全校师生心灵带来了一种绵绵不绝的回味和思考，许多人眼里流下了激动的泪水。

不久，校方将原来的校训改为这样一句话——“当别人都哭时，你可以不哭”。

科恩兄弟的梦想

科恩兄弟是美国内华达州雷诺市的一对孪生兄弟。兄弟俩长得实在是太像了，除了他们的爸爸、妈妈，同学、老师和街坊邻居们，常常将他们这对孪生兄弟弄混淆，将哥哥当作弟弟、弟弟当作哥哥，由此引出了许多令人啼笑皆非的事情来。

这兄弟俩，不仅人长得像，而且性格、爱好以及兴趣都十分相近，都喜欢搞些小发明。家里一间房间里，堆满了各种电器原配件和装配工具，这是小哥儿俩的“工作间”。一有时间，小哥儿俩就在里面点、焊、铆、敲，叮叮当当地像个加工车间。

还是在小学三年级时，哥哥大科恩发明的太阳能手机充电器，就获得内华达州小学发明二等奖；弟弟小科恩发明的城市窨井防盗盖，也获得内华达州小学发明二等奖。在生活和学习中，这兄弟俩善于观察、勤于思考，常常有些小发明、小创造，他俩被人称为“发明兄弟”。

兄弟俩虽然喜欢发明，但一点儿也没有影响学习；相反，因为喜欢搞小发明、小创造，还促进了学习上的灵感和发挥，每次考试，小哥儿俩在全班都是前几名。到中学时，兄弟俩已有几十项小发明，获得了二十多项发明专利。

哥哥对爸爸妈妈说：“我长大了，要去当航天科学家，设计出最先进的航天飞机。”爸爸妈妈听了，脸上露出惊喜的神色，夸赞哥哥有远大的理想，有志气，很了不起。

弟弟对爸爸妈妈说：“我长大了，要去当一名管道工，让家里的抽水马桶永远不堵塞。”爸爸妈妈听了，脸上同样露出惊喜的神色，夸赞弟弟有远大的理想，有志气，很了不起。

学校老师听了兄弟俩的理想和志向后，都夸兄弟俩有理想、有志气，是同学们学习的榜样。同学们听了科恩兄弟的理想后，都非常羡慕。有的表示要学习哥哥大科恩，长大了当航天科学家；有的表示要学习弟弟小科恩，长大了当管道工。老师听了，夸赞同学们都有理想，有志气，他们的理想都很伟大。

高考了。哥哥大科恩报考了美国华盛顿航空航天学院，实现了他当一名航天科学家的梦想；弟弟小科恩报考了雷诺市一家职业技术学院，实现了他当一名管道工的理想。

校长芭芭拉女士在学生毕业典礼上说道，科恩兄弟从小就树立了远大的理想，为了实现他们的理想，他们从小就为之努力、奋斗着。他们的理想，永远让我们充满了温暖和感动。能将航天飞机送上天的人是人才；能让家里的抽水马桶永远不堵塞，同样是宝贵的人才。

说到这里，芭芭拉女士看着台下的科恩兄弟俩，眼睛里溢满着幸福的光芒。她仿佛看到了那个叫幸福的天使，正向兄弟俩翩翩飞来。

几年过去了。哥哥在美国航空航天局工作，做着高科技航天研究工作。由于航天局离雷诺市很远，所以哥哥很少回家。渐渐地，家人对他的印象淡漠了、模糊了，邻里之间也很少再提起他了。

弟弟在雷诺市市政部门当了一名管道工，并且还和父母住在一起。每天清早，他穿着工作服、拿着大扳手出去上班；傍晚，他一身油污，拿着大扳手回家。

自从小科恩当了管道工，他家的下水道几乎从没有堵塞过。小科恩成了街坊邻里十分羡慕的人，经常被人请去疏通下水道。看着科恩像医生一样，很快地查出症结，将堵塞的管道修通，这让街坊们目瞪口呆，羡慕不已。家长们常常教育自己的子女，要他们长大了也去当一名管道工。孩子们抚摸着科恩那把大扳手，脸上露出十分崇敬的神色。

校长芭芭拉女士将小科恩请回学校，给全校师生作了一场精彩的演讲。科恩的演讲，使学生们深受鼓舞，博得了一阵又一阵热烈的掌声。学校还专门为科恩兄弟立了一尊塑像，塑像的底座上有这样一行字——“能将航天飞机送上天的人是人才；能让家里的抽水马桶永远不堵塞，同样是宝贵的人才”。

醉人的笑脸你有没有

美国著名摄影大师史蒂夫·科尔在街头抓拍了一组照片，他将这些在街头抓拍的照片集中起来，举办了一个摄影展，展览的名称是“醉人的笑脸你有没有”。

没想到，影展举办以来，吸引了大批观众前来观看，盛况空前。许多观众在这些摄影作品前流连忘返。有的人眼睛里露出羡慕的神色，有的人脸上露出沉思状，还有的人眼睛里噙满了泪水……

这是一张大楼竣工典礼的照片。有人在大楼前燃起烟花，烟花在天空中绽放出绚丽的色彩，姹紫嫣红。路过的人群中，有的人捂着耳朵，有的人皱着眉，有的人嘴里嘟囔着。此时，只有路边一个六十多岁的流浪汉仰望着天空，脸上露出灿烂的微笑。流浪汉的脸上有许多污垢，头发零乱，衣服破旧，但他仰望天空，望着绽放的烟花，脸上的笑容却是那样清澈、明媚。那一刻，他的笑脸，纤尘不染，好像连眉毛都在笑呢！

这是一张路边一个耍杂技的照片。耍杂技的是个三十多岁的青年人，他正在用双手抛六只彩球。有的人目不斜视地从这耍杂技的面前匆匆而过，有的人脸上露出不屑一顾的神色，也有的人脸色阴沉地从旁边走了过去。此时，只有一个七八岁的小男孩儿正目不转睛地看着那个耍杂技的人，他笑得嘴都合不拢了。那满脸稚气的笑容，像清粼粼的溪水，纤尘不染。阳光温柔地洒在他的身上，散发着耀眼的光芒，像披上了一层金色的羽毛，熠熠生辉。

这是在城市一处地铁通道处。一个拉小提琴的艺人，正在神情专注地拉着小提琴。悠扬的琴声，在地铁通道口回响。可是，从他旁边经过的行人，全都行色匆匆，对这位拉小提琴的人熟视无睹。此时，只有一个六十多岁的老太太，放下手中的蛇皮袋，脸上露出温暖的笑容，在静静地聆听眼前这人的小提琴演奏。老太太花白的头发干枯、泛白，满是皱纹的脸上烙上了深深的岁月风霜。但是，老太太的笑脸，是那样温馨、甜蜜，荡漾出明媚的色彩。

这是在一家商场门口。商家在门口搭了一个大台子，台子上铺了红地毯，一位演员正在上面演唱。可是，台前空荡荡的，几乎没有观众，只有一个手拿扫帚、身着环卫工制服的妇女正仰着脸，忘情地望着台上演员的演唱。她咧开嘴，脸上露出灿烂的笑容；她的两颗门牙掉了，笑得格外清澈、明媚。

……

这一张张无声的笑容，仿佛像一面面镜子，照耀着人们的内心。人们不禁扪心自问："醉人的笑脸我有没有？"

美国著名的《华盛顿邮报》在评论中指出："在这充满浮躁的社会中，我们常常失去一个人最宝贵的东西——笑脸。史蒂夫·科尔的'醉人的笑脸你有没有'摄影作品展，让我们看到了笑脸的珍贵和无价。拥有一张醉人的笑脸，就是拥有一种最宝贵的财富。笑脸，也是一种强大和无畏。"

管好你的表情

大学毕业后，我辗转于各个城市之间，历尽波折和艰辛，最后，终于在一家房地产开发公司谋到一份工作。有了工作，一扫淤积在心中的阴霾，每天上班下班，我都笑容满面，仿佛沐浴在春风里。大家都说我是一个乐观、开朗而又充满自信的人。

一天，老板把我喊到董事长办公室谈话。这是我进入公司后第一次被老板召见，那一刻心里面是既激动又不安。激动的是能被老板亲自召见，这是一种荣誉，甚至有一种受宠若惊的感觉，这从其他员工羡慕的神色中就可以看出；不安的是老板召见我不知是什么事，是自己工作没做好，抑或其他方面的原因，我的心里不免有些忐忑不安。

老板见到我，和颜悦色地肯定了我一段时间来的工作表现和业绩。老板的一席话，让我一颗不安的心安定下来，心里溢满了温暖和激动。

突然，老板话锋一转，对我淡淡地说了句："以后要管好你的表情，不要让自己失败在了表情上。"

我听了，感到很疑惑，管好我的表情？这个问题真新鲜，我的表情难道有什么问题吗？

老板看到我疑惑的神色，一改刚才那种和颜悦色的表情，严肃地对我说："对，管好你的表情！这一点很重要。管好自己的表情，始终是职场上一道永恒的考题，它关系到你职场上的成败，关系到你人生取胜的武器，关系到你人生未来的走向……"

老板一口气说了这么多的"关系到……"，让我一下子感到这个问题的严重性和紧迫性。我想，我的表情难道出现了什么差错吗？

看着老板，我的脑海里忽然闪现出这样一幕情景：那时我才七八岁的光景吧，还是个少年不识愁滋味的年龄。踩着月色，我和父亲一前一后往家里走去，身后拖着我们的身影，有时很长，有时很短。我在父亲的身后，欢快地用脚踩着父亲的身影，不停地发出咯咯的笑声，连声说道："我踩痛爸爸了！"

父亲回过头，看到我心花怒放的样子，温和地说道："孩子，这影子是没有生命的，你看我的表情就知道了，我一点儿感觉也没有。"

听了父亲的话，我抬起头，看到父亲脸上的表情十分平静，知道了父亲果真一点儿也不疼。

父亲仿佛想起了什么，对我和蔼地说道："孩子，将来你长大了，就会知道，一个人的表情是多么重要。表情，就是一个人内心世界最真实的反映。"

听了父亲的话，我向父亲做了一个鬼脸，依旧嘻嘻哈哈地在父亲前后撒着欢儿。那是我第一次听到关于人的表情的说法，觉得那是一种很神秘、很深奥的东西，离我很遥远，也很陌生。

今天，当老板对我说起了我要管好自己的表情，我顿时意识到，我已不再是那个七八岁光景的男孩儿了，我到了要对自己脸上表情负责的年龄了。

一次，老板带我去看望一个生病住院的员工。从医院出来，老板对我淡淡地说了句："你以后要管好你的表情。看望病人，脸上的表情应该是沉重和温暖的，而不应该是僵硬或者笑容满面的。"

老板这么一说，一下子让我有种警醒的感觉。细细想来，我刚才的表情确实是开始时一脸僵硬，后来又笑容满面的。我仿佛不是来看望病人，而是来会客的。再想想老板刚才的表情：他进了病房，首先弯下腰，伸出手，一脸深情地轻轻地询问着员工的病情；其间，还用手轻轻地整理了一下他的被褥。有医生进来查房，老板还走到医生跟前，神情庄重地向医生询问起了员工的病情，并再三叮嘱，一定要好好治疗。那一幕让卧在病床上的员工感动得眼睛里溢满晶莹的泪花。

一次，老板带我去和一个客户洽谈业务。老板因临时有事，要我先和那个客户谈，他一会儿就回来。

我和那客户交谈没一会儿，就感到很不融洽，于是就漫不经心地和他搭着话。老板不知什么时候进来了，很快，他就和那客户热情地交流起来，脸上满是喜悦。

告别客户后，老板好像想起了什么，对我说道："我刚才进来的时候，感到你跟客户交谈的气氛不太融洽，因为你的表情已告诉了我。"

我不禁从心里敬佩老板的洞察力。心想，我这漫不经心的表情，自己没有察觉到，却早已被人一览无余观察到了。我不禁暗暗自责起来，看来，表情真的是职场上一个深奥的考题啊。

两年后，我被董事会任命为开发部门的主管。老板再次召见我，他对我说："我只想提醒你一句话，无论何时何地，都要时刻管好你的表情，这是你不断取得进步的法宝。否则，就有可能制约了你向更高的山峰攀登，甚至毁了你的人生。"

我感动地望着老板，目光顿时变得一片朦胧。我庆幸遇到了这么一个好老板，一直在提醒我要管好自己的表情，它使我在职场上少走了许多弯路，人生的路也变得顺畅起来。

我不禁想起看到过这样一篇报道："伦敦奥运会男子自行车公路赛现场，五十四岁的英国男子马克·伍斯福德在观看时，被警方以'面无表情'为由逮捕。"

警方在逮捕马克·伍斯福德时指出："马克·伍斯福德不像是在享受比赛的乐趣，他那种面无表情的观看，实际上是一种恐怖。当别人都在兴高采烈、欢天喜地地呐喊、鼓掌时，他却在那儿面无表情、冷若冰霜地观看，这对别人的心理是一种巨大的伤害和摧残。”

英国《泰晤士报》在评论中指出，管好你的表情，是一种人生的生存智慧和态度。表情，就是一种最真实的情感流露，任何人都能读懂表情上的语言，它让我们看到了人性的美好和灿烂，也让人们看到了隐藏在表情里面的险恶与卑鄙。

如何让你遇见我

中学时，我一度爱上了画画。班上黑板报上那些插图，许多都是我画的。那些插图，给板报增添了画龙点睛的效果。当同学得知，那些美丽的插图都是平常默默无闻的我画上的，都感到十分惊讶，眼睛里流露出羡慕的神情。许多与我平常很少来往的同学，都主动地与我走动了，我身边的朋友渐渐多了起来。

上体育课时，班上的“班花”晓丽，抢着为我抱脱下来的衣服。我几圈跑下来，满头大汗，气喘吁吁，晓丽立刻迎上来，将她的口杯递上来给我水喝。我感到一种受宠若惊的激动和幸福，我假装没看见，避开了晓丽投过来的那火辣辣的目光。

不知什么时候，同学王强，每天上学都从家绕着道来喊我一起去上学。一路上，我俩有说不完的话。

后来，我渐渐地放弃了画画的爱好，班上黑板报上那些插图的绘制工作被其他同学取代了。那些插图，比我以前画的更漂亮。

有同学问道：“现在还画画吗？”

我淡淡地说道：“学习太紧张了，哪儿还有那个雅兴去画画！”

同学听了，脸上有一种失望的神情。

更令我意想不到的是，身边的那些同学渐渐离我远去了。上体育课，晓丽也不再为我抱衣服了，更别说将她口杯里的水递给我喝了；上学了，王强不再喊我一道去学校了……

我不知这是为什么，心里面有一种隐隐的失落感……

上大学了，我一度喜欢上了写作。学校办的校报，还有当地的市报，常常发表我写的一些散文和小说。一些同学看见了，常常流露出羡慕的神色。

有的同学向别的班上的同学说起我，总是夸我文章写得好，是我们班上的“笔杆子”。班上的学习委员小雨，常常拿着她写的习作让我修改。看到经我修改后的文章被报刊采用，小雨感激得话都说不出来；有的同学还请我帮忙写情书、写演讲稿……我被大家称为“秀才”。

后来，我慢慢丢掉了写作这一爱好，整天忙于干家教、搞推销……报刊上再也见不到我的名字了。与同学交流时，别人常常问道：“现在还写吗？报纸上怎么很难见到你的名字了？”我耸耸肩，说道：“太忙了，有点儿时间就去挣钱了，再没时间搞那个了。”同学听了，有一种失望的表情，轻轻地说道：“可惜啊，如果坚持下去，一定会有一个好的结果。”

渐渐地，那些曾经因为我热爱写作而喜欢与我接近的人离我远去。我感到一种隐隐的失落……

工作了，我一度喜欢上技术改造，常常对工厂车间里的一些设备进行技术革新。这些经过技术革新的机械设备，不仅提高了生产效率，运转起来也更加安全可靠，厂长非常欢喜。为此，厂长还专门成立了一个技术攻关小组，任命我为小组长。一时间，我成了工厂里的大红人，在我的周围聚拢了不少喜爱技术革新的同志。同志们一提起我，个个都竖起大拇指，夸我是技术革新的带头人。

可是，不长时间，我对搞技术创新失去了信心，开始沉湎于打麻将、喝酒……领导对我也渐渐失去了信心，重新任命了一个技术攻关小组组长。从此以后，再也没有人夸我有什么特长了。如果有人问起了我，人们常常会回答说："他是谁？我怎么没什么印象。"

人们态度的忽然转变，让我有一种深深的失落和困惑，内心充满了惆怅……

偶尔看到席慕蓉的诗《一棵开花的树》。诗中写道："如何让你遇见我，在我最美丽的时刻。"看到这里，我眼前一亮，接着陷入一种久久的沉思中。成长中的历历往事，像蒙太奇一样，在脑海中一一浮现出来。不知不觉地，我的眼睛湿润了。

一个人，一定要努力。你可以没背景、没金钱、没地位，但一定不能不努力。努力，才会使自己更加美丽，也才能使别人"遇见你"。否则，哪怕是近在咫尺，也很难让别人"遇见你"。

鲁先圣

中国作家协会会员，教育部“十一五”课题组文学专家，《读者》《青年文摘》《意林》《格言》《特别关注》等期刊签约作家，龙源期刊网签约专栏作家，《北京青年报》《燕赵晚报》《晶报》《济南时报》《生活日报》《西部商报》等多家报刊专栏作家。已出版散文随笔集《持续地敲门》《黎明的珠露》和历史评论专著《伴你读名著——水浒》等多部，合著散文集《心灵的独白》《爱是条温暖的河》等多部，已发表作品六百万字。《遥远的炊烟》《读书是风雅乐事》等二十多篇作品被选为中考、高考语文阅读试题。曾获第十八届孙犁散文奖二等奖、2009年度冰心图书奖。

很多人一生都徘徊在起点

我在年轻的时候，一个偶然的机会读到了印度的《奥义书》。里面有一段精彩的论述让我不寒而栗，年轻的生命第一次受到巨大的震撼："一个人到了三十岁，就要用全部的时间来觉悟，不觉悟的话，就是一步步走向死亡的道路。"

我那个时候大约三十多岁。这句话让我突然发现自己竟然糊糊涂涂生活了很多年：人生的目标很不明朗，自己正在做的事情也几乎没有什么意义，每天做的工作都是在不断地重复自己，可以说都没有什么价值。本来很重要的事情竟然被自己抛到九霄云外，每天只是专注于一些微不足道的细枝末节，而自己竟然还麻木不仁。我感觉必须迅速改变自己，否则，可真就是一步步走向死亡了。

也就是从那个时候，我开始认真思考：我的抱负是切合实际的还是盲目的？我的人生优势是什么？我当下最重要的事情是什么？我应该如何把自己一生的目标切割成一段段的具体规划？我怎么才能让自己摆脱那些没有什么意义的琐碎生活？

停顿下来思考的结果是，我要毅然决然地改变。既然想通了自己的路应该怎么走才能更快地达到目标，既然想着追求自己的人生梦想，既然想着实现自己的远大抱负，就没有什么力量能够阻挡了。

现在我已经人到中年了，我非常感谢十多年前的觉悟。如果没有那个年龄的觉悟，我一定还是小县城里每天平平庸庸吃吃喝喝的小职员，一定还是糊糊涂涂的人生，一定还徘徊在理性的殿堂之外。

其实，并不一定只有犹豫彷徨的人才应该觉悟，不论是谁，在三十岁的年龄，不论你有什么样的起点和心境，都应该尽早觉悟。因为，三十岁，一切都还不晚，一切都还可以重新再来。

我常常说，人生之路犹如登山，如果你选择对了方向和路径，你只要义无反顾，就一定能够抵达山顶。最可怕的是你方向没有选择正确，或者你走了一条死路，一切付出都是枉然的徒劳。即使你奋斗一生，可能都没有离开起点，或者，你转了一圈又回到了起点附近。

在起点附近徘徊一生的人很多，所以我们的身边大多是些平庸之辈。毫无疑问，这都是些没有选择正确方向，没有走对路径的人；或者说是些没有及早觉悟的人。相反，我们同样发现有一部分人在三十多岁的年龄就事业有成。这其中没有别的原因，他们在起点附近就觉悟了，就是一个理性的人了。二十岁太早，一切都还没有开始呢！三十岁是应该觉悟的年龄，因为你已经站在了人生之路的起点上。四十岁当然就晚了，但是此时觉悟相比一生没有觉悟的人总还是有益的，亡羊补牢总比望洋兴叹好。

一个觉悟的人爆发出来的能量是可怕的，可以改变自己，也可以改变世界。

三十岁的芝加哥大学校长

芝加哥大学是美国最负盛名的高等学府之一，在全美大学排名中，学术声誉排名第四，有八十一位校友曾获诺贝尔奖，其中包括华裔物理学家李政道、杨振宁和崔琦。

1929 年，美国发生了一件震动世界教育界的大事，美国各地的学者都纷纷赶到芝加哥看芝加哥大学的一个轰动性事件。因为，一个名叫罗勃·豪金斯的年轻人，半工半读地从耶鲁大学毕业，当过撰稿人、伐木工人、家庭教师和卖成衣的售货员；现在，他被学校董事会任命为全美国第四富有的芝加哥大学的校长。

不仅仅教育界人士百思不解，社会各界也对这个决定提出了各种质疑。人们说他太年轻了，经验不够，教育观念不成熟。甚至各大媒体也加入到了批评的行列。大家说，这样一个轻率的决定，也许会毁掉享有世界声誉的芝加哥大学。

但是，学校董事会丝毫不为所动，依然坚持他们的任命。他们在任命书中这样阐述他们的理由：“这是一个有着崭新教育理念的青年人，他锐意进取的斗志、他求才若渴的观念以及他对大学未来发展的构想打动了我们。”

在罗勃·豪金斯就任的那一天，一个朋友对他的父亲说：“今天早上我看见报上的社论攻击你的儿子，真把我吓坏了。”

“不错，”豪金斯的父亲微笑着回答说，“话说得很凶。可是请记住，从来没有人会踢一只死了的狗。”

年轻的豪金斯更是以人们没有想到的态度对待那些批评他的人和媒体。他乐观地微笑着告诉大家：“我没有时间回答你们的质疑，因为我必须立刻投入工作，让时间来回答大家。”

最终，正如豪金斯的父亲所说的那样，罗勃·豪金斯在芝加哥大学校长的位置上做得非常成功。在他做校长期间，芝加哥大学在世界大学中的排名突飞猛进，他聘请到了几十名世界一流的教授，他建立了世界一流的实验室，他们培养的学生受到广泛欢迎。他没有令他的父亲失望，更没有让那些批评他的人找到任何攻击他的借口。

我们实在不能不佩服用这种态度来对待批评的人。他不去阻止别人对他做任何不公正的批评，而只是努力让自己摆脱不公正批评的干扰，专心致志地按照自己的意志做自己应该做的事，最后让事实说话。

其实，我们每一个人在自己的一生当中，都会遇到这样的批评和指责。当你成为不公正批评的受害者时，完全可以像豪金斯那样，乐观地一笑。

伟大的美国总统林肯如果不是对那些骂他的人置之不理，恐怕他早就崩溃了。当时正是艰苦的内战时期，各种力量都汇集到他这里，批评他立场的人和媒体非常多。现在，他当时写下的对待批评的方法的文字，已经成为文学和政治上的经典之作。在第二次世界大战期间，麦克阿瑟将军曾经把它抄下来，挂在自己办公室写字台后面的墙上。而英国首相丘吉尔也把这段话镶在镜框里，挂在自己书房的墙上用以激励和鞭策自己。这段话是这样的：“如果我只是试着要去读，更不用说去回答所有对我的攻击，那这个店不如关了门，去做别的生意。我尽我所知的最好办法去做，也尽我所能去做，而我打算一直这样把事情做完。如果结果证明我是对的，那么即使花十倍的力量来说我是不对的，也没有什么用。”

没有别的，当我们受到不公正的批评时，我们不要去争论和回击什么，我们应该做的，是把自己的工作做好，没有比这再好的选择。因为，做好了事情，不仅仅所有的批评和质疑声会不攻自破，那些喋喋不休的批评者更会无地自容。

把未来和昨天关在门外

对于我们每一个人来说，生活中最重要的事情，不是每天遥望憧憬不可知的未来或者反思昨天，而是动手清理手边那些细小的实实在在的事。

1871 年的春天，英国蒙特瑞综合医科学校的学生威廉斯勒对人生中的许多问题充满困惑，他不明白应该怎么处理远大的理想和具体的身边小事的关系，一个人应该有怎么样的做事态度才能成功。对手边的小事他觉得没有什么意义，甚至以为时下的学校生活枯燥乏味，没什么值得去用心的，因而他的成绩也每况愈下。他找他的老师探讨这些困难的人生问题。他的老师推荐他阅读哲学家卡莱里写的一本哲学启蒙读物。老师说：“他的书里或许有答案帮助你解决问题。”

威廉斯勒是一个意志很坚定的青年，他一向不崇拜大人物，更不相信所谓的名人名言，对许多问题一向有自己独到的见解。但既然那本书是老师推荐的，他想或许真的有用。他拿过书漫不经心地浏览起来。

突然间，书中的一句话让他眼前一亮："最重要的，就是不要去看远方模糊的未来，而是动手清理手边实实在在的最具体的事情。"

他恍然大悟：是啊，不论多么远大的理想，都需要一步步实现啊；不论多么浩大的工程，都需要一砖一瓦垒起来啊。

他明白了，让他感到困惑的问题解决了，他终于找到了人生的答案。他知道，那些远大的理想，应该让它们高悬在未来的天空里；最紧要的，是把手边的每一件具体的事做好，让自己时刻生活在今天。

也就是从那一天开始，1871 年春天的一个下午，年轻的威廉斯勒开始埋头读书，因为他知道这是他目前最紧要的事情，他要把自己的成绩搞上去。半个学期以后，威廉斯勒就一跃而成为整个学校最优秀的学生。

两年以后，威廉斯勒以全校最优异的成绩毕业。毕业后他来到一家医院做医生。他认真对待每一个患者，对每一次出诊都一丝不苟。兢兢业业的态度和精益求精的精神，使他很快成了当地的名医。

几年以后，他创办了约翰·霍普金斯学院。他把自己的人生态度贯彻到每一个细节里。许多专家学者慕他之名来到他的学院工作，使他的学院很快成为英国乃至世界最知名的医学院。

威廉斯勒成功以后经常被邀请到耶鲁大学演讲，在演讲中他告诫学生们说，他之所以成功，是因为“他活在完全独立的今天”。他还说：“要把未来和昨天关在门外，未来就在于今天，最重要的是把你手边的事情做好，这就足够了。”他正是靠着这两句话，精心地做着自己的事情，不仅成为那个时期最著名的医学家，还成为牛津大学医学院的钦定讲座教授，被英国国王授予爵士爵位，这是那个时代学医的英国人所能够获得的最高荣誉。他去世以后，人们需要用一千四百六十六页的两大卷书才能够记述他传奇的一生。

世界上最有名的媒体《纽约时报》的总裁苏兹伯格也曾经遇到过同样的问题。年轻的时候他得了棘手的结肠痉挛病，患这种病极其痛苦，他的身体几乎就要垮掉了。引起病症的原因很简单，他在步兵师担任士官，工作职责就是建立和维持一份在作战中战死的人员的记录，收集他们在战场上遗失的东西，并准确把物品送到死者的家中。由于每天接触无数的战死的人和他们的家属，每天都要面对那些几乎千篇一律无序杂乱的繁琐而细碎的工作，他变得烦躁异常，并开始担心自己哪一天死去，回不了自己的故乡，见不到十六个月大的儿子。日积月累，他的神经高度紧张，继而发展成结肠痉挛病。

他被送进了医院。一位军医在检查了他的身体之后告诉他：“你的身体没有什么不好，你的问题纯粹是精神上的。我建议你把自己的生活想象成一个沙漏：沙漏的上一半装满了成千上万的沙子，而沙漏一次只能漏下一粒沙子。我们的生活就如这个沙漏，我们每天早晨都会发现自己一天当中有很多事情要做，但是，我们一次只能做一件事情，就如同只有一粒沙子通过沙漏中部的缝隙。”

从那以后他明白了，他每天不论面对多么复杂琐碎的工作，都时刻想到那个沙漏："一次只能流过一粒沙，事情得一件件地做。"

这个重要的人生哲学很快融入他的生活当中，成为他处理一切问题的准则。战争结束以后，他到了《纽约时报》，这个工作方法和人生态度让他几乎在任何一个岗位上都如鱼得水，最终做到了总裁的位置。

我们每一个人都生活在一个点上，这个点就是今天的身边的时刻，过去了的昨天与没有来到的未来都与我们没有关系。如果我们做好了此刻的这一件事情，把昨天和未来关在门外，我们就拥有了人生的全部了。

把自卑踩在脚下

美国有一个叫班·符特生的人，曾经担任美国佐治亚州政府秘书长。他不是一个身体健康的人，在他二十四岁那年，一次事故使他永远失去了双腿，因此只能靠轮椅行走。他靠自己的意志战胜厄运、自强不息的故事，在美国几乎家喻户晓。但是，即使在美国，也很少有人知道，正是这个人，给了成功学大师卡耐基巨大的人生启迪。

一个周末，卡耐基到佐治亚州的一个大学去发表演讲。在他结束演讲回到旅馆的时候，在电梯里碰到一个残疾人。他注意到这个看上去非常开心的人，两条腿都没有了，坐在一张电梯角落里的轮椅上。当电梯停在残疾人要去的那一层楼时，他很开心地问卡耐基是否可以往旁边让一下，让他转动他的椅子。“真对不起，”他说，“这样麻烦你。”卡耐基看到，这个残疾人在说这句话的时候，脸上露着一种非常自信而温暖的微笑。当卡耐基离开电梯回到房间之后，这个残疾人脸上的那种自信的微笑一直在他的眼前挥之不去，其他的事情都不能思考。卡耐基相信，这种自信的后面一定有一个不平凡的故事。他决定去找他。

“事情发生在多年以前，”班·符特生微笑着告诉卡耐基，“我砍了一大堆胡桃木的枝干，准备做我的菜园里豆子的撑架。我把那些胡桃木装上车后开车回家，突然间，一根树枝滑到车上，卡在引擎里，恰好是在车子急转弯的时候。车子冲出路外，把我撞在树上。我的脊椎受了伤，两条腿都麻痹了。那年我才二十四岁，双腿被截肢了，从那以后就再也没有走过一步路。”他才二十四岁，就没有了双腿，再也不能行走。卡耐基问班·符特生，怎么能够接受这个残酷的事实。他说：“我以前并不能这样。”他说他当时充满了愤恨和难过，抱怨自己的命运。可是时间仍一年年过去，他终于发现愤恨使他什么也做不成，只会产生对别人的恶劣态度。“我终于了解到，”他说，“大家对我都很好，很有礼貌，所以我至少应该做到的是，对别人也有礼貌。”卡耐基问班·符特生：“经过了这么多年以后，你是否还觉得碰到那一次意外是一次很可怕的不幸？”班·符特生很快地说：“不会了。”他接着说：“我现在几乎很庆幸有过那一次事故。”

他告诉卡耐基，当他克服了当时的震惊和悔恨之后，就生活在了一个完全不同的世界里。他开始看书，对好的文学作品产生了兴趣。在那以后的十四年间，自己至少阅读了一千四百本书。这些书为他打开了一个崭新的世界，他的目光和思想一下子丰富多彩起来。他开始聆听很多音乐，以前让他觉得沉闷的伟大的交响曲，现在都能使他非常受感动。最重要的是，他学会了思考。他说："我能让自己仔细地看看这个世界，有了真正的价值观念。我开始了解，以往我所追求的事情，大部分实际上一点价值也没有。"看书的结果，使他对政治有了兴趣。他研究公共问题，坐着他的轮椅去发表演说，由此认识了很多人；很多人也由此认识了他。他发表了很多对公共事业很有见地的演讲和文章，其中的思想得到很多人的喜欢和赞同。到了选举的时候，人们并没有在意他残疾的双腿，而是毫无异议地推选他出任州政府秘书长，人们相信这个意志坚强的人能够把自己的思想付诸行动！

任何一个了解班·符特生人生经历的人，都会从他的人生经历中受益无穷。当一个人把自卑踩在脚下的时候，当一个人决定不再接受别人的怜悯的时候，当一个人决心要给他人带来微笑的时候，他自己也无法了解的潜藏在内心深处的能量就爆发了。

吟唱着开心的歌谣

美国最大橡胶公司的董事长莫根有一个著名的观点，他说根据他的观察，一个人成功与否的前提不是学历和专业素养的高低，而是他做事情开心的程度。

这位实业界的领袖对于那些单靠十年寒窗就可以成名的

古训，并没有信心。因此，每次他的公司招聘员工，他的条件都很特别。他不讲学历和专业，他重在考察一个人对于所要应聘的职位有多少兴趣，即喜欢的程度。而应聘成功了，他还要继续考察，看这个人做事情是否开心，而绝不是变成工作的奴隶。因为他认为，一旦变成了工作的奴隶，也就没有了丝毫兴致，所有的创造力必然丧失殆尽，也就不会给企业带来任何的创新了。

有一个叫威廉的人，是纽约证券交易所的主管人员。他的收入很高，但是他却没有快乐，他说他工作忙得连微笑的机会都没有。太太抱怨他缺乏爱，孩子抱怨他缺乏亲情，同事则抱怨他没有人情味。一个偶然的机会，他遇到了莫根。他对莫根说，他是百老汇最成功的人和最不快乐的人。

莫根认为是工作的压力让他失去了快乐的能力。莫根给他写了一张纸的做法，让他每天照着去做。他确实按纸上的内容做了。

早上起床以后去洗手间，对着镜子说："早上好，今天快乐！"

转过身来见到太太的第一句话就说："亲爱的，早上好！"他发现太太万分惊诧，太太说："今天一定有什么好事情吧？"

出门开车去公司，哼起最喜欢的歌谣。他发现自己的心情是那么清爽。

到了公司，他对着门口的保安点头微笑，保安受宠若惊地向他敬礼。他对电梯管理员微笑着点头，人家也微笑着致意。见到同事，他马上问候："早上好！"他发现大家似乎也都像有什么好事情要发生一样，脸上都荡漾着快乐。

一天当中，他对所有打交道的人报以微笑，他发现大家对他也报以微笑，全然没有了往日紧张的气氛。

下班回家，开动了车子，他哼起了另一首学生时代的歌谣。他感觉这一天是那么美好，那么轻松愉快；周围的人都是那么和善，这个世界那么富有人情味。

回到家里，他对着太太和孩子微笑，太太和孩子说：“今天一定有大好事！”

“是啊，”他说，“人生还有什么胜过好心情呢！”

他天天这样去做，所有的人都发现他变了，他由一个容易焦躁、非常情绪化、经常绷着脸的人，变成了一个总是唱着美丽的歌谣、总是微笑着的快乐的人。

他对于自己的工作，也由原来的畏惧和感觉压力巨大，变得喜欢起来；原来感觉的枯燥乏味荡然无存，一切都变得生机勃勃。没有多久，他的职位得到升迁。

事实上，他还是他，周围的人没有丝毫改变，他的家庭没有丝毫改变，他的工作亦没有丝毫改变，他只是改变了自己的心情而已。但是，心情的改变，却把他的一切都改变了。

快乐和幸福人生的秘密在这里，解除烦恼的秘密在这里，成功的秘密也在这里：唱着开心的歌谣去生活。

孙道荣

安徽人，现居杭州。主任编辑，浙江省作家协会会员，浙江省杂文学会理事，《读者》《青年文摘》《经典》等期刊签约作家。已出版《你有多重要》《约好了春天开花》等个人作品集八部。

补丁也可以绣成花朵

拐角凹进去一段，就是她的“舞台”。她在这里摆摊儿织补，已经好几年了。

每次路过，都能看见她，坐在凹槽里，埋头织补。身边的车水马龙，似乎离她很远。她很少抬头，只有针线，在她的手上不停地穿梭。

这里原本是一个城乡结合部，这几年城市西迁，这块地也跟着火热起来，到处是建筑工地。上她那儿织补的，大多是附近工地上的农民工。衣服被铁丝划了个口子，或者被电焊烧破了个洞，他们就拿来，让她织补下。也不贵，两三元钱，就能将破旧的地方织补如初。如果不是工服，而是穿出去见人的衣服，她会更用心些，用线、针脚以及纹理，都和原来的衣裳一样，绝对看不出织补过。

从她所在的拐角，往前百米，是一所学校。我的孩子，以前就在那所学校读书。每次接送孩子，都必经她的身旁，也就对她多留意了点儿。

一天，妻子从箱底翻出了一条连衣裙，还是我们刚结婚时买的，是妻子最喜欢的一条裙子。翻出来一看，胸口处被虫蛀了个大洞。妻子黯然神伤。我的眼前，忽然浮现出她的影子，也许她可以织补好。

拿过去。她低头接过衣服，看了看，摇摇头说，洞太大了，不好织补了。我对她说："这条裙子对我妻子意义不一般，请你帮帮忙。"她又看了看裙子，忽然问我："你妻子喜欢什么样的花？""牡丹。"我告诉她。她看着我："要不我将这个洞绣成一朵牡丹，你看怎么样？"我连连点头："太好了。"

她从一个竹筐里，拿出一大堆彩色的线，开始绣花。我注意到她的手，粗大、浮肿，一点儿也不像一只绣花的手。我疑惑地问她："能绣好吗？"她点点头，告诉我，以前她在一家丝绸厂上班，就是刺绣工；后来工厂倒闭了，她才开始在街上摆摊儿织补。"我原来绣的花可漂亮了，"她笑着说："原来的手也不像现在这么笨拙，在外面冻的，生冻疮了，所以，才这么难看。"

正说着话，一个背书包的女孩儿走了过来。以为女孩儿也是要织补的，我往边儿上挪了挪。她笑了："这是我女儿，就在那边的学校上学。"女孩儿看看我，喊了声"叔叔"，就放下书包，帮她整理线盒。很多线头乱了，女孩儿就一根一根地理清，重新绕好。不时有背着书包的孩子，从我们面前走过。有些孩子看来是女孩儿的同学，她们和女孩儿亲热地打着招呼。女孩儿一边帮妈妈理线，一边和同学招呼着，脸上挂着浅浅的笑容。

我好奇地看着女孩儿。她稚气的脸上，已经三三两两冒出青春的气息。她似乎一点儿也不在意，她的同学看到她的妈妈，是个街头织补女。这出乎我的意料。我有个同学，就因为长相土了点儿，苍老了点，他的儿子从来不让他参加家长会，也不让他去学校接自己。男孩儿认为，自己的爸爸太寒碜了，出现在同学面前，会丢了自己的脸。

我对她说："你的女儿真好。"她看看女儿，笑着说："是啊，她很懂事。这几年，孩子跟我们也吃了不少苦。”女孩儿嘴一撇：“吃什么苦啊，你和爸爸才苦呢。”忙完了手头的活儿，女孩儿拿出书本，趴在妈妈的凳子上，做起了作业。我问她，怎么不回家去做作业，女孩说：“我们要等爸爸来接我们，然后一起回家。”

她穿针引线，牡丹的雏形，已经显露出来。这时候，一个中年男人蹬着三轮车过来了，女孩儿亲热地向他喊“爸爸”。我对她说：“天快黑了，要不我明天再来拿，你们先回家吧。”她摇摇头：“就快好了。”

路灯亮起来的时候，她终于把牡丹绣好了。那件陈旧的连衣裙，因为这朵鲜艳的牡丹而靓丽起来。

中年男人将三轮车上的修理工具重新摆放，腾出一个空位子来，然后，中年男人一把将她抱了起来，放在了那个座位上。我这才注意到，她的下半身是瘫痪的。女孩儿将妈妈的马扎和竹筐放好，背着书包，跟在爸爸的三轮后，蹦蹦跳跳地走去。

目送他们一家三口的背影，我拿着那件绣了牡丹的裙子回家。你完全看不出来，牡丹所在之处，曾经是一个补丁。

命运可以随时拐弯

他是个出了名的问题孩子，逃学、捣蛋、捉弄老师、欺负同学，可谓“无恶不作”。同学怕他，讨厌他，避之唯恐不及；老师也对他渐渐失去了耐心，放任自流；他的父母，一个重病缠身，一个忙于生计，想管也管不了。除了偶尔被老师拿着花名册点到名字外，他已经差不多被人遗忘了。

这是个偏僻的山区学校，贫穷是笼罩在很多孩子身上的共同特征。每年，学校都会拟定一份名单报给教育局，以方便那些好心的捐助者选择资助对象。很显然，并非每个孩子都能上这份名单，有幸被选上名单的，都是品学兼优的孩子。学校会在每个名字的后面，附一份该同学的学习和表现情况。这是关键的一张纸，很多捐助者就是据此选择他们要帮助的孩子。因此，能上名单，就意味着不但可能得到一份资助，而且，也是一份“荣誉”，它说明了学校和老师对自己的肯定。

又一批名单报上去了。

一天早晨，还没有上课，他早早地来到了学校。这是他第一次这么早走进学校。在班主任的办公室外徘徊了许久，他下定决心，走了进去。他从书包里，小心翼翼地摸出一张纸片，递到老师面前：“老师，这是我昨天收到的汇款单，是一位上海的叔叔捐给我的学费。谢谢老师！”

老师简直不敢相信自己的耳朵，他也收到了捐助？他清楚地记得，报上去的名单里，根本没有他的名字啊。老师接过汇款单细看，收款人果然写着他的名字。虽然心存疑惑，老师还是决定，把这个好消息告诉全班同学。

当老师在班里宣布这一消息时，班里一下子变得鸦雀无声，所有的眼睛都齐刷刷投向他。疑惑，羡慕，感叹，什么表情都有。而第一次被这么关注，他激动得满脸通红，腰板挺得笔直。他从来就没有坐得这么正过。

这天，他第一次没有在课堂上捣乱，每一堂课，听得都非常认真。

放学了，他收拾好书包，跟在同学们的身后，走出学校。这是他难得一次没有早退，按时放学。

第二天，他又是一大早就来到了学校。教室里还没有人，他将教室的地扫了一遍，然后，坐下来，打开书本，读书。同学们陆续走进了教室，惊诧地看着他。上课了，他第一次按时上交了作业本。

他惊人地变化着，不再迟到，不再早退，不再恶作剧，不再四处捣蛋。上课时，他安静地坐在自己的位子上，听老师讲课。老师提问时，他第一次举手发言；月考时，他的试卷上，第一次没有出现红色……

班主任对他做了一次家访。

他拿出了一沓信。“这都是资助我的叔叔寄来的。”他忽然有点儿不好意思，“叔叔在信中说，是老师推荐我的，老师在推荐信里说我是努力、上进、优秀的孩子。我没想到老师会这么夸我。”他偷偷瞄了一眼老师，黑黑的脸，泛出红晕。“叔叔还说，他会一直支持我上学，直到我上大学。我不会让老师和叔叔失望的。”他紧紧地咬着嘴唇。

老师一脸迷茫，这份推荐信显然不是他写的。怎么会这样呢？老师也想不明白。但是，不管怎样，有一点可以肯定——他彻底改变了。老师坚定地拍拍他的肩膀。

谜底直到几年后才揭开。他考取了一所重点大学。资助人也赶来庆贺。班主任老师私下里问资助人，当初为什么会选择他这样一个问题学生？资助人一脸错愕：“你们的推荐表上写的是优秀学生啊。”资助人正好带来了最初的那张推荐表。班主任一看，上面潦草地手写着许光军。那是另一名学生。而他的名字叫许辉。

学会“修理”错误

很晚了，儿子才背着书包，姗姗回家。

问他：“今天怎么这么迟？”儿子挠挠头皮，不作声。看样子，很可能又是在学校犯了错，被老师留下了。这小子，越来越调皮了；隔三差五，我们就会因为他的错误，而被老师喊到学校去。有一次，学校运动会上，因为支持不同的队员，他和另一个班的男生扭打了起来，把人家的衣服给扯破了，我们陪了人家新衣服，向对方家长道歉。还有一次，他在同桌的女生书包里，放了只玩具老鼠，女生打开书包，拿书时竟然摸出一只老鼠，吓得一声尖叫，身体往后一仰，跌倒在地，擦破了头皮，我们又上门向女生父母赔不是……恶作剧、打架、损坏物品，三天两头儿子就捅个什么娄子来，我们只好一次次代他向人家赔礼、道歉以至赔偿。每次接到班主任的电话，我都会头皮发麻——不用说，孩子又犯错了。可是，今天，并没有接到儿子老师的电话啊？

吃晚饭时，忽然发现，儿子的左手上，有一道伤口，血迹未干。看来，他有事隐瞒了。我厉声责问他：“是不是又在学校和人打架了？”儿子手往后缩了缩，怯怯地回答：“没啊。”“没？没打架手怎么受伤了？”

儿子低下了头，半晌，懦懦地说：“我把老师的新椅子弄坏了。”

果然又在学校淘气了，这孩子，咋就不肯让我们省一点儿心呢？

问他经过。儿子说，今天老师搬了张新椅子到教室，是电脑椅，能转动的。课间休息时，他和几个男同学好奇，就上去坐了坐。几个人抢着坐，一齐压了上去，不小心就把椅脚给压折了。

我努力压住往上蹿的怒气，问他那需要赔多少钱。

儿子抬起头，轻声说："不用赔钱了，我已经自己处理好了。"

自己处理好了？我看看儿子，有点儿不相信自己的耳朵——他哪次在学校犯了错，不是我们帮他"摆平"的？问他："是不是用自己的零花钱赔了？"

儿子说："不是。是这样的。我们把老师的新椅子弄坏了之后，等待老师批评，然后给你们打电话，赔钱。老师看了看损坏的新椅子，却对我们说：'损坏公物要赔偿。不过，如果你们能够自己修理好，就不需要赔偿了。'

"另外两个同学表示愿意赔钱，但我觉得，椅子只是脚折了，可以拉拉直修好。而且，我不想再因为我的错误'惊动'你们了。"

原来是这样。"那后来呢？"我迫不及待地问儿子。

儿子告诉我，他说服了另两个同学，一起把老师的椅子修好。放学之后，他们从总务处借来了扳子和锤子等工具，几个人乒乒乓乓修了半个多小时，终于把椅子修好了，除了一点点折痕外，几乎看不出损坏的痕迹。老师很满意，还表扬了他们。

"那你手上的伤？"我疑惑地看着儿子。

儿子有点儿不好意思："第一次拿扳子，不怎么会使，不小心砸到手上了，所以，留下了个小伤口。”

“痛吗？”

“不痛！”儿子挺了挺胸脯，自豪地说。儿子的声音粗粗的，他已经开始变声了。我摸摸儿子的头——他修好了老师的椅子，也学会了修理自己的错误，他开始长大了。

不让亲人看见你的伤痛

肖恩﹅巴蒂尔是NBA最佳防守球员之一，也是中国球迷十分熟悉和喜欢的球员。

人们喜欢肖恩·巴蒂尔，因为他有高超的球技，特别是他的突破、跑位和防守，简直天衣无缝，如有神助；也因为他效力于火箭队，是姚明的亲密战友；还因为他对中国充满了感情，他已经四次来到中国，对中国有相当的了解……我喜欢他，还有另一条很重要的理由，那就是他身上男人的责任感、绅士风度和脉脉温情。

打了十年篮球的肖恩·巴蒂尔，和许多球员一样，身上伤痕累累，大多数伤口集中在头部，他的光秃秃的头顶和眉骨、嘴唇、下巴以及颧骨上，到处都是伤痕，稍稍留意，你就会发现缝合过的痕迹。据说，在肖恩·巴蒂尔身上，前前后后缝过七十七针。

受伤是家常便饭。

在一次火箭队与湖人队的比赛中，为抢一个篮板球，巴蒂尔与对方球员撞在了一起，对方的胳膊肘狠狠地撞击了他的脑袋。巴蒂尔被撞翻在地，他的前额被撞开一个很大的口子，当场血流如注。

裁判和队员们纷纷围了过来，这时候，脸上血肉模糊的巴蒂尔做出了一个让人意外的举动，他提起球衣，往上一翻，将整个头部裹了起来……

很多现场的观众都站了起来，他们想知道巴蒂尔伤得重不重，然而什么也看不见。现场的电视台摄像机的镜头都对准了巴蒂尔——镜头里的巴蒂尔头部被球衣严严实实裹了起来，什么也拍不到。

蒙着头的巴蒂尔，被紧急抬往场外救治。

这一次，医生为他缝了六针，才将伤口的血止住。

事后，有人问巴蒂尔："当时为什么会突然用球衣裹住脑袋？因为受伤难为情吗？怕球迷看见自己的狼狈相？还是因为疼痛难忍，不愿意被人看到你痛苦的表情？"

巴蒂尔平静地回答："都不是。当时被撞击之后，鲜血就哗哗地流了出来，我一摸，脸上全是鲜血，我意识到这一次伤得不轻。你知道，每次比赛，电视台都现场直播，我的家人，他们一定都坐在电视机前观看比赛。我知道摄像机的镜头马上就会对准我，那样的话，我的家人就全都看见了。而我不想让我的父母看见他们的儿子，我的妻子看见她的丈夫，我的年幼的孩子看见他的爸爸，又受伤了；鲜血淋淋，那会让他们担心、着急、难过。我决不愿意这样，所以，受伤之后，我立即用球衣裹住脑袋，就是为了不让他们看见。"

不让亲人看见自己的伤痛，不让他们为自己担惊受怕、牵肠挂肚，这是一个儿子、一个丈夫、一个父亲，在他严重受伤的时候，首先想到的事情。

我们都会有受伤的时候，无论是我们的身体，还是我们的心灵。很多时候，我们受伤了，会像肖恩·巴蒂尔一样，将伤口深深地掩藏起来，那是因为，我们不想让我们的亲人，痛着我们的痛啊。

地板上的月牙儿

头发理好了。镜子里的我，显得精神多了。我满意地朝理发师点点头。

我准备站起来，理发师却示意我再等等。以为他觉得哪里不如意，还需要修剪一下——为客人理发，他总是丝毫不马虎，不论是生客，还是熟客，这也是我定点在他这儿理发的原因。我笑着说，“可以了。”他换了一把细细长长的剪刀，对我说：“你有几根白头发，我帮你挑出来，剪掉。”说着，左手将我的头发扒开，理顺，轻轻地挑起一根；右手握着剪刀，小心翼翼地伸到发根，剪断。

一根，两根，三根……一共找到了十九根白发，都帮我从发根剪掉了。他又仔细地用手将我的头发都扒拉了一遍，确认没有白头发了，才拿起梳子，帮我将头发重新梳顺。一边梳理，一边跟我讲着平时怎样护理头发。从镜子里看到他，神情专注，熟练而且从容，像做着一件大事一样。

这是小区里的一家社区理发店，门脸很小，只有他一个理发师，也只有一张椅子。虽然离家近，但起初我不曾进去理过发，总感觉这样的小理发店，是专门为社区里的老人们服务的。我都是在小区外的一家大理发店理发。直到有一次，因为急于参加一个活动，来不及去那家大理发店了，我才第一次走进他的小店。没想到理发师的手艺非常棒，剪出来的发型很适合我；价格也公道，理一次发只要十元钱。

再次去他的理发店理发时，他正忙着为另一个客人理发，我坐在一边等待。这才留意了一下他的小店，狭小，干净，设施非常简单；唯一可以称得上精致的，是地上铺着的暗红色的实木地板，与一般理发店黑白相间的地砖相比显得很不同，让人感觉古朴而温暖。他低着头，专注地为客人修剪着头发，不时围着椅子，移动脚步。当我的目光落在他的脚上时，惊讶地看见，椅子后面的地板，因为他的脚踩来踩去，红漆被磨光了，露出了木头的本色，样子看起来就像镶嵌在暗红色地板上的一个白色月牙儿。

在帮我理发时，我和他聊了一会儿。他告诉我，从这个小区建立那天起，他的这个小店就开张了，至今已经快二十年了。小区里的不少老住户，都是在他这儿理发的，有的孩子刚出生时在他这儿剪的胎毛，如今都长成大小伙子了。难怪椅子后面的地板，都磨出了木头的本色。我让他看看自己的脚下；他低头瞅了瞅，忽然憨憨地笑着说："地板都磨白了。"我说："那是你踩出来的月亮呢。"

地板上的月牙儿，那是一个理发师十几年的舞台。想象着一个人长年累月，就围着一张椅子转动，工作，那是怎样的一种寂寞，又是怎样的一种境界啊。月亮升起来了，理发师也从意气风发的青年，步入了蹒跚的中年。

每次去菜市场买菜，我都会上唐师傅的肉铺，买点儿猪肉或排骨。不为别的，就因为唐师傅卖的肉，安全、公道，决不会有病猪死猪。一年三百六十五天，除了每年大年初一这一天关张外，唐师傅的肉铺，天天都会营业；而唐师傅总是站在他的肉铺后面，笑眯眯地迎接着每一位顾客。

唐师傅的肉铺里，有一个硕大的砧板，厚度足足有一尺半，是最好的蚬木做的，样子不像是个砧板，更像是一个敦敦实实的圆木桩，靠里的一侧，深深地凹陷下去。有一次和唐师傅闲聊，他告诉我，那是二十多年前，父亲特地去广西，给他买回来的。那时候他刚刚高中毕业，高考落榜了，心灰意冷地跟着父亲一起在菜市场学卖肉，这个砧板，就是父亲送给他的礼物。当时，这个砧板高度有六十厘米厚。唐师傅一边为我剁骨头，一边有点儿自嘲地说："没想到，这一干就是二十多年，如今儿子都读大学了，那么厚的砧板，也被我剁掉一小半儿了。"

唐师傅挥舞着厚实的砍刀，在砧板上一刀刀剁着，坚定，干脆，有力，手起刀落，骨头被剁成均匀的块状。

忽然想，这块砧板，不就是唐师傅的舞台吗？砧板一点点凹陷下去，岁月一点点流逝，砧板挑起了唐师傅一家的生活，也支撑着唐师傅的希望。

对我们很多人来说，人生的舞台，也许就是一张理发椅、一块厚实的砧板，或者一台缝纫机、一面黑板、一个方向盘、一只计算机鼠标、一亩土地或者一把瓦刀……我们一生中的很多时间，就是在它们面前度过的。舞台如此之小，微不足道，但是，只要稍稍留意，你就会发现，那里面一定有一个人的青春和岁月的痕迹，一定也呈现出了一个美丽的月牙儿。

正是无数个这样的小舞台，才搭建成了人生的大舞台、社会的大舞台。

进城过暑假的少年

低头走进堂兄租住的矮小的屋子，就听见一个少年的声音："三九二毛七,五七三毛五,一三得三元……" 以为他在算账呢，一看，不是，小家伙儿趴在一张包装板搭成的桌子上，正在咬着笔尖，拧着眉头，做作业呢。好奇地拿起他手头的课本，是数学。我笑着问他："怎么做作业搞得跟算账一样？" 小家伙儿看看我，不好意思地咧咧嘴："这样好算，而且不太会算错。" 旁边的堂嫂解释说，孩子放暑假了，想爸爸妈妈了，所以前不久特地回乡，将孩子接了过来。平时孩子没啥事，一个人放在出租屋里又不放心，于是就跟着她在菜市场帮忙卖卖菜。堂嫂不识字，算账慢，小家伙儿来了之后，代她算算账、收收钱，又快又准，还真帮了不少忙。

正说着话，堂兄回来了。他在一家建筑工地做钢筋工，每天要在烈日下，扎几十米钢筋，脸晒得跟钢筋一样黑。堂兄告诉我，他们夫妻俩快两年没见着孩子了； 孩子平时跟着爷爷奶奶，留守在村里，村里的孩子，基本上都是这样长大的。堂兄叹口气："其实，接过来也没时间管孩子，自己每天在工地上要干十多个小时，她每天天不亮就要去批发蔬菜，然后拉到农贸市场去卖，哪有时间管孩子啊。孩子来了十多天了，答应带他去附近的儿童公园玩儿，可是一直没得空。" 我摸摸少年的头，对他说："过段时间，我抽个空，带你去儿童公园玩儿吧。”少年憨憨地看着我，高兴地点点头。

期间我出了一趟差，十多天后才回来，想起答应少年的事，那天，我一大早赶往堂兄家，准备带少年去玩儿。

在路口，意外地碰见了少年。他的手里，拎着一个篮子，篮子里整齐地摆放着二十几瓶鲜牛奶。我对少年说："来带你去公园玩呢。"少年咧嘴笑了，黑黑的小脸上，牙齿显得很白。他说："我先将这些牛奶送到人家。"送牛奶？我想了想，干脆陪他一起送，送完我们就直接去公园。

我想帮他拎篮子，少年坚决不肯："我搬得动呢。"少年一只手拎着篮子，另一只手臂弯曲，凸起一小块疙瘩来："瞧，我的肌肉结实着呢。"我笑了，轻轻擂了他一拳头，问他："怎么送起牛奶了，是你妈妈接的活儿吗？"少年摇摇头，告诉我，小区边上有家代销店，顺便帮人订报纸送牛奶，这几天帮工回乡去了，店老板一个人送不过来，正好看见他没什么事，就和他父母商量，帮忙送几天牛奶。都是附近几幢居民楼的，送一瓶，给一毛钱辛苦费。少年仰着头对我说："每天送二十五瓶，能赚两块五毛钱呢。"样子很得意。

已经送了好几天，看样子，少年对路途很熟悉了。来到楼门洞口，少年拿起一瓶或几瓶牛奶，蹭蹭地上楼，不见了人影，只听见噔噔噔噔的跑步声。不一会儿，少年就手里拿着空牛奶瓶跑了出来，细细的汗珠爬满脸颊。将空瓶子放好，拎起篮子，少年又走向另一幢楼。一只手在脸上捋一把，往身后一甩，撒下一串汗珠。

半个多小时后，少年送出了二十三瓶牛奶。最后，来到一幢高层居民楼下。我帮忙摁了下电梯。没想到，少年却拿起一瓶牛奶，径直向楼梯跑去。我问他是几楼，他扔下一句："十三楼。"声音已到了二楼。那么高，怎么不坐电梯？

我纳闷着。电梯门打开了。又关上了。过了一会儿，听见楼梯口一阵脚步声，少年大汗淋漓地出现在了我的面前。我问他：“怎么不坐电梯？”他笑笑：“不敢坐，怕它夹住我。”我说：“电梯门都有感应器，一般不会夹住人的。”他看看我，忽然低下头，嘟囔了一句：“我身上汗味儿重。”看着少年汗湿的后背，忽然明白他为什么不坐电梯了——也许他曾经坐过电梯，也许被人嘲笑过身上的汗馊味儿，也许……

少年弯腰从篮子里拿起最后那瓶牛奶，递给我：“你喝吧。”我诧异地看着他：“这瓶不要送吗？”少年点点头，指指高楼：“这是十八楼那家的，他家大人说，他家的孩子前几天去夏令营了，要十几天后才回来，这瓶订的奶没人喝了。那天，我又送牛奶去，他家大人对我说，这几天的牛奶就送给我喝了，等到他家孩子回来后，再送。”原来是这样。少年说：“我问过代销店的老板了，一瓶牛奶两元钱。我想好了，到时我用送牛奶赚的钱，退给人家，我不能白喝人家的牛奶。”

我赞许地摸摸少年的头。

我带着少年，将儿童公园里的项目，几乎都玩了个遍。送少年回家的路上，少年忽然冒出一句：“城里的公园真好玩儿啊，长大了我也要来城里。”

我看看他，点点头。

我相信他会的。

上帝不会少给你一种色彩

十字星。他屏住呼吸，瞄准，扣动扳机。一团绿色，应声倒地，悄无声息地淹没在周遭绿色的海浪中。

这是一场阻击战，热带草原，因为战争，处处暗藏杀机。为了争夺这块战略要地，双方展开了持久的战斗，都伤亡惨重。茂密的、绿油油的热带草原，成为天然的掩蔽所。双方都将自己的狙击手，布置在阵地前沿，伺机歼灭敌人的有生力量。

他是一名狙击手。虽然入伍才一个多月，但在他的枪口下，已经有十二名侵略者被击中。在热带草原绿色的波涛中，他能一眼就分辨出钢盔和迷彩服的绿色与草地的区别，那是两种截然不同的绿色：一个稍深，一个稍浅；一个稍亮，一个稍暗；一个是鲜活的，一个是死寂的。他能清楚地看出它们之间的区别，因而，他总能够轻易地将埋伏在草丛中的敌人给甄别出来，然后，一枪毙命。

一团团潜伏的绿色，被他识别，看穿，歼灭。他就像一个老练的农民，果断地从庄稼地中，揪出稗子，将它们拔除。这些侵略者，烧毁了他的家园，屠杀了他的亲人，他们就是人类的稗子。他想。

在所有狙击手中，他不是枪法最准的，也不是埋伏得离敌人最近的，但他却是最成功的狙击手。他成功的秘诀就是，能从绿色的草丛中，找到埋伏着的伪装得与草地一模一样的敌人。而他之所以拥有这个独特的能力，是因为，他是个色盲。

没错，他是个色盲症患者，一个红绿色盲。也就是说，他完全不能分辨淡绿色与深红色，紫色与青蓝色，紫红色与灰色的区别。

色盲让他痛苦不堪。

因为不能辨别一些颜色，从小他就为此吃够了苦头。

过马路的时候，他无法识别红绿灯。当走到有信号灯的路口时，他只能根据来往的车辆判断是不是绿灯，或者小心翼翼地跟在其他人的后面，穿过马路。有一次，他看见一个大人飞快地跑了过去，自己也跟着向马路对面跑去，突然，一声急刹车，一辆侧向行驶的小车，在离他不到一米的地方停了下来，司机怒骂他为什么闯红灯？他吓出一身冷汗，原来刚才那个大人是闯红灯的。

有一天，早上起床的时候，因为感觉有点儿冷，他随手从衣柜里翻出了一件灰色的外套穿上。上学的路上，路人都以怪异的眼光看着他。到了学校，同学们见到他的穿着哄堂大笑。一个要好的朋友将他拉到一边，问他，怎么穿了一件紫色的女孩儿的外套？他这才明白，是自己慌乱之中，没有辨别出衣服的颜色，他羞得无地自容。

最让他难堪的，是一次绘画课上。老师让孩子们画一幅春天的图案。他画了草地和大树、房屋和太阳。老师让每个人展示并说明自己的作品。他向大家介绍，自己画的是绿色的草地，青色的树冠，黄色的屋顶，红色的太阳。片刻的停顿之后，教室里突然爆发出惊天动地的笑声，原来他把颜色涂成了——棕色的草地，浅棕色的树冠，黄色的屋顶，灰色的太阳。美术老师给了他八十分，并告诉他：“你虽然不能分辨一些色彩，但你要坚信，上帝不会少给你一种色彩的。”

因为色盲，很多专业被限制，他不得不放弃了继续求学。中学一毕业，他就跟着父亲做了一个农民。战争爆发后，他像其他热血青年一样，报名参军，但是，体检时，因为色盲，他被淘汰了。同龄人光荣地为国而战时，他却只能默默地耕田劳作，他恨死了自己的眼睛。

正当他心灰意冷时，部队特招一批狙击手，其中竟然也包括色盲症患者。他被选中，经过培训后，被派往了前线。因为红绿色盲，他意外地获得了一个特殊的能力，就是从绿色的草丛中，能分辨出伪装色和绿草的些微区别，因而可以准确地判断出敌人的方位。

战争结束后，他被授予了英雄勋章，作为狙击手，他一共成功地击毙了三十八个敌人。他的名字叫宾得，二战时盟军一名优秀的狙击手。

杨福成

1973年5月生于山东宁阳，1996年毕业于山东艺术学院，2013年结业于中国艺术研究院中国书法院。现为《读者》《格言》《百花园》签约作家，《齐鲁晚报》专栏作家，作品曾入选中考试卷、高中语文必修教材等。

和自己较劲儿

阿勤和我是小学同学，学习特别差，每天的作业都不能独立完成，每次考试都很难及格，老师和同学们都常常笑话他笨。整个小学，他上得很艰难，多次哭着闹着退学，但又多次被父母拉着打着进了校门。最终，他还是辍学了——这么笨的一个孩子，他能干什么呢？父母都犯愁了。

在家浪荡了几年，他准备出去找工作。虽然当时不像现在招工对学历要求那么高，可是他连个小学肄业证都没有，也的确是裹脚出门——费劲儿！他只好跟着村里的木匠到北京的一个木工厂去当小工。

那个厂子是专门为高档别墅加工楼梯的，活儿很多很累，同去的不少人因为吃不了这个苦，都卷铺盖回家或者另找门路了，唯有他，熬走了一批又一批学徒，一直坚持着。

他潜心研究师傅们的每一道做工，一分钟也不肯耽误，甚至过年过节他都不回家。很多以前的工友都笑话他："真是傻子一个，活儿那么多，给钱又那么少，还傻乎乎地坚持！"也的确是，早已经离开另找工作的人，每年都能挣个三五万，而他，这么踏实卖力，最多也就能挣个两万块钱，不是傻笨又是什么呢？可让人没有想到的是，三年后，在北京的木器加工行业横空杀出一位年轻的名木匠。这位木匠经过短暂的筹资后，建起了一个占地数十亩的高档仿古家具加工厂，项目包括别墅楼梯制作以及明清屏风、书橱及书架等各种室内家具制作，一把椅子的价格就高达二百多万元。经营半年后，他不但还清了借款，而且还有了自己的房子、轿车以及上千万的存款。

这家工厂的老板，就是阿勤。

熟悉阿勤的人都为他的巨变感到好奇，因为这个时候，熟悉他的人都还在四处打工，挣着零零碎碎的辛苦钱。

然而，更让人好奇和难以置信的是，这些高档家具的制作工艺，全都是由他一人用计算机设计出来的。

我把阿勤设计的一些样本拿给专业搞设计的一位朋友看，他看后大为吃惊，疑惑地问："这怎么可能是一个小学肄业的木工匠人搞的呢？"我和阿勤聊天，谈到成功，他说："我没有什么文化，也不懂什么道理；但我明白一个理儿，那就是得和自己较劲儿！要想成功，无论别人夸你也好骂你也好，你都不要在意，你只需在意你的目标在哪儿。不气馁，不泄气，只要下苦工，就肯定能成功。你没有成功，就说明你下的力气还不够，吃的苦还不够。""和自己较劲儿"，这话确实大有道理。

寻常，我们都太在意别人的夸和骂了，都太爱和别人较劲儿了。不妨，从今天起和自己较较劲儿，即便不能如阿勤一样成功，但人生的色彩，肯定会大有不同。

到大浪中去

去张家界玩儿漂流，体会到的不仅仅是刺激。

我们一组四个人，选的是自助游。

一上船，风平浪静，感觉漂流也没什么惊险的。可是到了第一个堤坝口，河床的斜度很大，水流突然加速，将我们一下子推进了大浪中，船里灌了很多水，还险些被打翻，我们都被吓坏了。

这一阵刺激过后，船被大浪拍到了岸边。岸边的水流平稳多了，我们也都松了一口气，感觉可能安全了。

可短时间的轻松过后，奇怪的问题出现了，任我们怎么努力划桨，船都无法前行。

使使劲儿，眼看就要越过下一个堤坝了，可晃悠两下就又被大浪推到了岸边； 再使把劲儿，又是眼看就要越过堤坝，晃悠两下，仍然是被大浪推回平静的岸边。

船摇摇摆摆，一圈一圈地像是纺线轱辘一样画起了圆，我们使尽了全身力气，仍然是原地踏步，无济于事。

看着其他的船顺流而下，早已经漂出很远，我们心急如焚。

工作人员看到我们出问题了，赶紧跑到距我们最近的岸边，大声地喊："使劲划，到大浪中去！"

一开始听到他这么喊，我很不理解，岸边这么平静的水面我们都划不出去，到大浪中去还不得把我们掀翻？但是没有办法，我们只能听他的。

于是，我们使劲儿划，可是船一触到大浪就被打了回来，一次、两次、三次……都不成，我们真的是没劲儿了。

“不要泄气，再加把劲儿，使劲儿划，划到大浪中去！”工作人员大声地、不停地在岸边给我们加油。

“来！加油！加油！”我们也再一次相互鼓劲儿。终于，一个大的波浪，船猛地冲进了大浪中，瞬间，船摇摇摆摆，像是跳舞一样一下子越过了阻拦我们很久的那道堤坝。

之后，虽然也遇到了很多的困难，但因为我们懂得了要到大浪中去，所以就漂得轻松多了，也开心多了。

在乘车回宾馆的路上，眼前闪现的不再是张家界的旖旎风光，全是我们往大浪里冲的一个个镜头。我不禁想，人生，不也是一场漂流吗？那些能够在大浪中肆意漂流的人，往往就是成功的人；而那些一生都原地打转，不能实现自己的梦想却怨天尤人的人，则大多是没有勇气或是没有使尽力气冲到大浪中去的人。

无论成功与否，都要鼓起勇气，到大浪中去搏一搏，这样的人生，才精彩、才无悔。

给自己唱首歌

每天上班，我都会遇到她。她二十多岁，矮矮胖胖的。

她就在我们单位楼前的地下商城上班，做清洁工。她每天的工作就是拖地，来来回回地拖，一遍一遍地拖。累了，她就拄着拖把在过道里站一会儿，或者，在卫生间的水台上坐一会儿。

中午，她常常到我们单位的食堂去吃饭，一般是两个小菜、一个馒头，吃得很香。有时，她也会从家里带饭，放到厕所旁的水箱顶上；午饭时，就和同事们一起在男女厕所之间的过道里凑合着吃，吃得也很香。

这样一个女孩子，又干这样的工作，实在是让人替她发愁。

可是，她不愁，她很快乐。

每天上班下了公交车，她就会把包往后背上一甩，哼起小曲儿。

第一次听她唱歌的时候，我惊呆了——她的歌声竟然那么美妙，明亮、欢快、舒畅、圆润……就像站在春晚舞台上的明星，很投入，很放松，很有范儿，完全不顾忌周边来来往往的行人。

有很多次，我们一起下车，我放慢脚步，跟在她身后，做她忠实的拥趸。这时候，我发现，她那美妙的歌声不仅感染了我，而且，还有很多很多的路人都被感染了、感动了。他们和我一样，虽然不知道她叫什么名字，可都知道，她是一个快乐幸福的清洁工。

我认识很多人，他们的个人条件比这位女孩子强很多倍，他们的工作条件也比这位女孩子优越好多倍，他们的薪水更比这位女孩子的高很多倍……可他们，远远不如她幸福。

个人条件好的，抱怨最多的就是不如别人漂亮或高大；工作条件好的，抱怨最多的就是自己的工作条件不如别人的工作条件好；薪水高的，抱怨最多的就是自己的薪水不如别人的薪水高……

烦恼就这样增多了，幸福就这样溜走了。

像那位胖胖的、矮矮的女孩子一样，给自己唱一首歌吧。可能你唱得不好，但有歌声，每一天都是幸福的。

每个人都能奏响天籁之音

从没有听到过如此震撼心灵的琴声。

在2010年9月1日由教育部和中央电视台主办的《开学第一课》现场，一位失去了双臂的小伙子，坐在钢琴边，忘我地用双脚演奏。琴声如水，碧波荡漾，浸润着每一个人的心灵……

主持人问与这个小伙子站在同一舞台的马云听了后有什么感受，马云说："震撼！"是的，在场的所有人都为之震撼了。

这个小伙子就是断臂钢琴师刘伟。

十岁那年，不谙世事的刘伟在一次电击事故中失去了双臂。这么小的年纪，以后的人生该怎样面对？

他很坚强，开始锻炼自己的双脚。经过长时间的苦练，刘伟的双脚逐渐灵活起来，可以穿鞋、穿袜子、拿勺子吃饭……甚至连用计算机聊天，网友都跟不上他的打字速度。

出于兴趣，上学后的刘伟还在课余时间练起了游泳。没想到，他的确有这方面的天赋，2005年、2006年连续两年获得了全国残疾人游泳锦标赛百米蛙泳项目的冠军。

在十八岁的时候，刘伟听到了钢琴声，从此，他喜欢上了钢琴，开始追求自己的钢琴梦。

一个没有双臂的人要学习钢琴，这无疑是天方夜谭。但刘伟又用自己的汗水和心血证明，这个梦可以实现。

跟老师学习了一段时间后，他又自己看书，自己琢磨着作词、作曲、编曲。经过不到两年的练习，他用脚弹钢琴的水平已经达到了七级。

有一次，刘伟和刘德华等明星一起参与录制北京电视台的《唱响奥运》节目，活动现场，华仔被刘伟用双脚弹钢琴的场面深深感动。当场，刘伟表示要作一首曲子送给刘德华，华仔立即点头说："你作曲，我来作词。"

刘伟的每一次演奏，都能博得观众的阵阵掌声。人们的掌声，除了是对他美妙琴声的赞美，更多的应当是对他生存勇气的赞美。

他曾经说过："要么赶紧死，要么精彩地活！"这话是狠了点儿，但我们每个人，都应当活得精彩一些。

在我很小的时候，我们那儿也有一个像刘伟一样的残疾人，他很聪明，能说会唱，是我们那个年代的小明星。可他自暴自弃，每天只是"开"着他自制的四轮车跟着电影放映员到处串村看电影。一个聪明的孩子，就这样随着岁月的流逝，在人们的记忆中渐渐消失了。

如今看到了刘伟，我就想，如果和我一起长大的那个残疾孩子也勤奋一些，心中有个梦想，他也一定会成为一个出色的钢琴家。

用脚都能弹奏出如此优美的天籁之音，我们还有什么不能成功的理由呢？只要有梦想，只要有信心，每个人都能弹奏出天籁之音！

会吃人的虫子

中午在单位附近的一家小饭馆儿吃饭，店老板的女儿正趴在餐桌上写作业。

“虫子！虫子！有个虫子！”突然，小女孩儿惊悚地大叫起来。

“什么虫子？”小女孩儿的姥姥在远处慢吞吞地问。

“虫子！虫子！会动的虫子！”小女孩儿吓得声音都变了调。

“怕什么怕，不就是个小虫子吗？”小女孩儿的姥姥不屑地说。

原来，在小女孩儿写作业的那个餐桌上，放着一个刚买来的大葵花，虫子是从葵花籽儿中爬出来的。

“姥姥！你快过来把它赶走，它会吃人的！”小女孩儿害怕极了。

“这么小的虫子就会吃人了吗？你不会打死它吗？”小女孩儿的姥姥不耐烦地说。

“不行，我不敢，它会吃我的！快，快把它赶走！”小女孩儿吓得快要哭了。

“这不就死了吗？”小女孩儿的姥姥走过去，指头轻轻一按，就把那条虫子给碾死了。

“快！快把葵花拿走，这里面还会有吃人的虫子！”过了一会儿，小女孩儿又惊恐地大叫起来……

发生在饭馆里的这一幕，萦绕在我的脑海里，直到晚上我回了家。

晚饭都已经端上餐桌了，我女儿还不肯离开她的书桌。

“孩子，你在干什么呢，还不快过来吃饭？”我问她。

“我正在和我的宠物做游戏。”女儿回答。

“什么宠物？你什么时候有宠物了？”我问。

“是一条可爱的虫子。”女儿回答。

“虫子？一条虫子竟然成了你的宠物？”我走近一看，果然是一条小虫子，和中午那个小女孩儿惧怕的那条虫子一般大小。

“向前，向后，站立……”女儿和它玩儿得十分开心。

店老板的女儿那么惧怕虫子，而我的女儿却把虫子当作宠物，她们俩都是七八岁的年龄，为什么有如此大的差别呢？原因是，店老板的女儿是个地道的城市人，再加上店老板一年到头都忙着挣钱，抽不出时间带孩子出去走走；我的女儿虽然从小也生活在城市里，但每有机会，我就会带她到大自然中去亲近草木虫鱼。

自然是最为清纯的世界，那里有我们最本真的朋友。一条小虫，只是大自然介绍给我们的万千朋友中的一个，根本没有那么可怕。

无论多忙，都要抽出点儿空闲，带孩子去亲近一下大自然，“接接地气”，否则，“会吃人的虫子”会让他们惊悚一生！

一路开花

本名李兴海，云南宣威人，《读者》《青年文摘》等期刊签约作家，《语文报》《疯狂阅读》等媒体专栏作家。有多篇文章被选为中考、高考语文阅读试题。已出版《你若安好》《原谅我不懂你的心》《总有些青春要辜负》等十五部作品，主编图书百余本。

书中自有浪子药

在我年幼之时，书还是个稀罕物。滇南之地，偏远而又闭塞。

我生来是个野性的孩子，翻墙越壁、偷果摸鱼，无所不为。父亲是个庄稼人，极其严厉，且从不懂得说理。于是，很多时候，尽管我被打得体无完肤，却还是不明白该如何自省。

弟弟走丢那年，我刚刚三岁。循着母亲的记忆，我拼凑出了那一串在夏日阳光里的画面。二十二年前的下午，在云南宣威的集市上，我领着蹒跚学步的弟弟去买烤羊肉串儿。结果，我回来了，弟弟却丢了。

母亲和父亲发了疯一样找了很久。城市的每一个角落都跑遍了，还是没能找到这个小我一岁的弟弟。

我一路哭哭啼啼地跟在母亲身后。父亲一遍又一遍地问我："弟弟呢？弟弟在哪儿丢的？"每问一遍，都要朝我的身上抽一下。

这一找，就是整整六年。六年后，父亲兴许是绝望了，便为我新添了一个弟弟。

三弟出世那天，我顶着大雪，捧着搪瓷饭盒去医院给母亲送鸡蛋。

三弟五岁时，母亲抱着他哭了。母亲说，三弟和二弟简直长得一模一样。

那时，我在离家不远的小学里念五年级。每次读到林清玄的《和时间赛跑》，我都会想起父亲的背影。那清瘦而又使人悲伤的背影，在夕阳沉沉坠去的黄昏下狂奔而去，只为寻到爱儿的消息。

父亲把本属于二弟的那份爱，一并付给了三弟。母亲亦是如此。

只要和三弟发生争吵，挨打的肯定是我。孩子都是脆弱的。我不明白，为何三弟有新衣裳，我没有；为何三弟有新书包，我没有；为何三弟有新玩具，我没有……

同样是父母所生的孩子，为何差别就如此巨大？

我恨极了三弟。也因此，开始讨厌偏袒三弟的父亲母亲。

我成了极度厌学的坏孩子，把一切功课和成绩都抛诸脑后。

十二岁，躺在大树下乱翻从学校教室里偷来的书包，无意中结识了杰罗姆·大卫·塞林格。那是我第一次接触成本的文学作品。虽然之前在课本上读过不少作品，但均是篇幅较短的散文或者随笔。

《麦田里的守望者》，我一面细致地读，一面呜呜地躺在松树林里啼哭。我不就是书中那个孤独而又不知所措的霍尔顿吗？

初二期末考试，我数学只考了十七分，位列倒数。由于生性顽劣、长期旷课的缘故，最终，全校没有一个老师肯要我。

母亲散了家财，四处托人说情。她的卑微和焦虑，使我彻夜难眠。我想，也许她是爱我的，不然，性情刚烈的她，怎肯如此低声下气?

我被迫留级。开学那天，母亲怕我怯生，执意领着我去。那是一个薄雾袅袅的清晨。我被安排在一个靠窗的位置。

母亲离去之后，我忽然扭头看她。朦胧的视野中，她臃肿的后背，再一次使我想起朱自清的《背影》。就在她决定回头看我的一瞬间，我猛地侧回了身子。片刻后，当我再次扭头回望时，她已消失在白茫茫的雾气里。

命运似乎特别中意开玩笑。我还没来得及体悟父亲的心境，父亲就匆匆而去了。

那个阳光白花花的下午，我紧紧地抱着他，不知该说点儿什么。床榻下拥堵着黑红色的血块，像饥饿的秃鹫寻到了丰美的餐食，在天空久久盘踞不去。

周围充斥着刺鼻的血腥味。那是我父亲的鲜血，是赐予我生命和力量的鲜血。我就这么茫然地抱着他。他的生命正在爱儿的怀抱中一点点消失。

他的手凉了。母亲在屋里大喊:“快掐住他的人中，快！快！”我照做了。可事实上，尽管我使出全身气力，他的人中还是在我的右手拇指下渐渐退缩。

他就这么安静地在我的怀抱里去了。我再一次尝到了那种无可奈何的悲戚。就像当年，走遍大街小巷，还是找不到二弟一样。

父亲走后，我沉默了很长一段时间。在那段昏蒙蒙的时光里，我终于可以冷静而又理智地回想前事。

期间，三弟的右腿被车撞断，休学一年；而后，又再度跌碎左手手肘，休学半年。医生对母亲说，孩子太小，先后遭遇重创，施加麻醉过多，以后可能智力会有点儿问题，需要细心看管照料。

回想到这一幕，我不禁对自己的麻木和残忍感到羞愧。在他住院的那段时间里，我很少去看他。记得有一次，我背着书包，静静地立在惨白的门口审视他，心里充满了快慰。似乎，所有的委屈，都在这一个画面中得到了补偿。

他见我来了，开心得不得了，把所有水果罐头和糕点都推给我，让我进去慢慢吃。而我，却落寞地转身离去。

他毕竟是我苦命的弟弟啊，我怎能如此？

也是因为这样，才会在后来读到张爱玲的《弟弟》时，泪如雨下。

十七岁，因为史铁生的《我与地坛》，再度泪眼潸潸。记得书中有此一句："儿子的一切不幸在母亲那儿总是要加倍的。"

我终于明白，为何母亲会在抱起三弟的一瞬间，忽然失声恸哭；为何父亲会在拥有三弟之后，迫不及待地把一切疼爱都付给了他。因为他和无处可寻的二弟是如此相像，因为他同样是个命途多舛的孩子。

他们害怕，如果不多爱他一些，他兴许就会感受不到人世的温暖，继而失去生活的勇气。

再后来，读到路遥的《人生》，更是明白了许多生存的艰辛和不得已的抉择。

我开始学着承担一个长子和一个大哥的责任。因为曾经走错了很多路，所以，现在才对任何真情都倍加珍惜。

其实，一切迷茫的心都可以在书中寻到光明的方向。

通往自由的一百八十六封信

十四岁那年，他进城念书。在村校里当惯了佼佼者的他，显然不习惯名列倒数的生活。他想尽一切办法要把成绩搞上来，可无论怎样努力，都只能勉强挤进中等生的行列。

后来，他终于发现，那些成绩优异的同学几乎每人都有几本昂贵的习题册，上面满是各类同步精华习题以及多种解答方法。

几次回家，他都想告诉父亲，自己多么渴望得到一本厚厚的习题册。可那些鼓足的勇气和想好的话，总会在见到父亲的一刹那消失殆尽。他的视线始终离不开父亲的手——纵横斑裂的沟壑，发黄坚硬的老茧，像一条条蜿蜒的河，湿润着他的眼睛。

班里很多男生都笑他是乡巴佬，并给他取了各式各样的绰号。那些笑声和面容，时常会如尖刀一般扎进他的胸膛。

经过再三思索，他决定将班里最坏的那位男生的习题册偷走，藏在宿舍的被子下面，每逢四下无人便翻出来细致研习。

次日，这位调皮的男生在班里掀起了滔天巨浪，逐个搜查班里同学的课桌。全班五十四名同学，唯独他的书本在这个过程中被扔得满地皆是。血气方刚的他一再要求调皮男生将书本放回原位，向他道歉。结果，他所得到的，不过是一记又一记闷响的拳头。

班长将此事报告了老师，调皮男生终于受到了严厉的责罚。他以为，事情将会就此告一段落。怎不料，调皮男生竟在周末拦住了他的去路。

激烈的扭打中，一本熟悉的习题册从他的背包里恍然飞落。站在阳光明媚的车站旁，他忽然没了半点儿气力，任凭调皮男生的拳头在他脸上呼呼有声。

偷窃事件很快在校园里传得沸沸扬扬。老师找到了他，语重心长地向他阐述了各种人生道理。他心中澎湃的浪潮渐渐得以平息。

回到学校之后，刚进教室，以调皮男生为首的那些孩子便一面叫嚣着抓贼，一面大肆地朝他乱扔果皮纸屑。他在一片哗然中跑出了教室。一路上，委屈的泪水像奔流的长河覆盖了他的脸庞。

愤怒至极的他，手握一块板砖，潜伏在了调皮男生回家必经的路上。当夜，调皮男生的惨烈呼喊使他获得了前所未有的快慰，似乎所有丢失的尊严都已在这场暴力的冲刷中夺回。

调皮男生因重伤被送进了医院。而他，则被自己的老师扭送进了公安局。

他不曾料到，一向和蔼可亲的老师，竟会在此刻对自己这般残忍。

坐在黑暗冰凉的地板上，他的内心一片死寂。记忆中，这世间的不公像蚂蚁一般啃食着他的灵魂。

劳教学习的第一天，他收到了老师的来信。信中恳切的言辞，使他慢慢开始自省。他一想起家中苦难的父亲，将要为一笔巨额的医疗费碰破头皮，热泪便难以抑止。

半年的时间里，他每天都会收到老师的来信。那些充满睿智的名言和哲理故事，像一缕缕金色的阳光，穿透阴翳的乌云。

第一百八十六封信里，有一张宝贵的照片，那是父亲的手和脸。照片后面，贴着一页白色的医疗费用清单。原来，这些琐碎的费用，一直都是老师在默默支付。他知道，他必须努力成长，靠自己的能力来偿还这笔数目。

当然，他也知道，真正爱他的人，总会用使他最痛的方法来制止错误，并帮他在迷途中找到正确的归路。

美丽的谎言

她刚来的第一天，我就彻底着迷了。

寒风呼啦啦地席卷了整个小城。南方的天空，骤然飘起了久违的白雪。她穿着蓝色球鞋走进棕色木门的时候，我正巧倚在左边的窗台上，对着漫天白雪鬼喊鬼叫。

后排男生冲她把口哨吹得悠扬婉转。她莞尔笑笑，举着一本蓝色的教科书说：“大家好，我是你们新来的实习老师，姓江，请多多配合我的工作。”

一听不是新来的同学而是实习老师，后排男生顿时兴致全无。倒是我，她的课从始至终都听得津津有味。

她像一团蓝色的火苗，顷刻间，仓皇急迫地点燃了我那颗十六岁少年的心。

我时常伏在窗台，迎接她的款款脚步，目送她的清瘦倩影。偶尔，我会想，如果有一天，她不再是老师，而我，亦不再是一名普通的高中生，那该有多好。

时光并不因为我的惦念而作片刻停留。当她在讲台上读出席慕蓉的那首《爱的筵席》时，我的眼泪终于忍不住落了下来。

“是令人日渐消瘦的心事 / 是举箸前莫名的伤悲 / 是记忆里一场不散的筵席 / 是不能饮不可饮 / 也要拚却的一醉。”

她念这首诗时，窗外正飘着细亮的小雨，淅淅沥沥，冷冷清清，把整个世界都浸润得如同一只热泪盈眶的眼睛。寒风呼呼地刮过窗台，像是要把那些残留的痕迹和记忆一并卷到岁月的深沟里去。

我该不该告诉她内心的想法呢？如果不说，可能以后再也没有机会。如果说了，有九成的可能我会遭到无情拒绝。

深思熟虑了整整一宿，最后，在手表指向凌晨五点的时候，我铺开纸笔，打开手电筒，在温热的被子里给她写下了人生中的第一封信。

第二天清晨，在她搭乘的班车下，我把这封信混在淡紫色的精品盒里送给了她。信末，我不但附上了回信的地址，还留下了最常用的电子邮箱和 QQ 号码。

我仍然习惯地趴在窗台上凝视那条她常常走来的小路。淡蓝如海的思绪总是一次又一次地被尖锐的上课铃声打断。

自从她走后，一向很讨厌网吧的我，只要有一点儿空余时间就拼了命往那里边跑。我生怕自己不能在第一时间看到她给我回复的邮件，不能在冬日午后接收到由她发来的好友请求。

就这样，我用等待熬过了白雪皑皑的冬天。当第一缕春光扑向大地，扫过明媚的窗台，我才忽然惊觉光阴的转瞬即逝。我决定主动去找她，去那所遥不可及的大学求证最后的答案。

没有她的电话，没有她的宿舍楼牌，我只能默默地站在外语系门口。来往的行人见我始终在那儿，不由自主地投来诧异的目光。

第三天，她终于出现了。桃粉色的高腰羽绒服像一瓣夏日的莲花，把她衬托得清雅淡丽。

那天，大学门口的西餐厅里，她和我说了很多很多。我一句也没有听进去。因为我想要的，不过是一句简单的答案。

我说："你喜欢我吗？"她犹豫了片刻，轻微地点了点头。而后，坚定地告诉我："不过，高考之前，这是你我的最后一次见面。如果你能考上重点大学，我就去你所在的城市看你。"

她给我留下了电话号码。不过，这是一个极其严肃的约定，在没有考上重点大学之前，无论如何，我都不能拨打。否则，一切都算作废。

因为这个甜蜜而又严肃的约定，我开始了昏天黑地的苦读。偶尔，我会提起话筒想要告诉她我又进步的消息，但迫于定下的规矩，只好把所有的思念和苦楚都咽回心里。

录取通知书下来那天，我激动异常地按下了那串熟悉的号码。我一遍又一遍地细心确认，但那头传来的却始终都是空号的回话。

我坐在喧哗的网吧里，漫无目的。打开信箱，想要记录当天的心情，却无意中发现了她的来信。

因为她的欺骗，我足足恨了三年。尽管当初她在信中已经说明，那只是一个美丽的谎言，但我还是无法平息内心的洪流，更解不开洪流中的疙瘩。

大四那年，学校组织去湖南实习。回来后，我收到了一封十六岁女孩的告白。我该如何引导她走出这片暗无天日的沼泽地呢？和当年的她一样，我给这位十六岁的女孩儿留下了一个美丽的谎言。

我终于明白了她当年深藏的良苦用心。打开计算机，我给四年前的那封邮件写了回信：谢谢你用谎言拯救了一位迷途的少年。

每朵阴云都是阳光的心

她第一次布置作文时，全班四十五名同学，就他一人交了白卷。那天，她声色俱厉地将他批评了整整一下午。她记得他固执的模样，不论她如何询问，如何开导，他都始终紧闭双唇，默默不语。

当她平息了怒火，和蔼温善地将他拉到跟前，手把手教他写那篇作文时，原本寡言内向的他，竟忽然号啕大哭起来。清澈的泪，如同冬日房檐上的冰钩，化也化不开。于是，她再也忘不了那次作文的题目——《我的父亲》。

其实，他多希望能在那张洁白的纸上落下只字片语。可想了许久，他还是无法拼凑出父亲的影子。

他没有严厉伟岸、时时督促他奋发图强的父亲，更没有慈祥和蔼、对他无微不至照顾的母亲；他只有一个发如霜华的外婆。他从来不曾问过父母的去向。他知道，这样的问题，会让他的外婆心生愧疚。而他似乎也从街坊的闲言碎语中得知，自己不过是一个从田埂上拾回的孤儿。

他与外婆相依为命。清晨上学之前，他得气喘吁吁地从地里拔来青菜，好让外婆挑着箩筐，去市场上贱卖。再用换来的钱，维持家用，攒足来年学费。傍晚放学之后，他又得马不停蹄地赶到市场，听外婆唠叨这一天的收获；然后搀着她，赶在夕阳落尽之前进入家门。

这些天，他时常在半夜里惊醒，成绩也如同高空抛物，一落千丈。外婆的咳嗽声，已日渐强烈。很多时候，他甚至能够听出，外婆是在竭尽全力地强忍着不让自己发出任何声响。可惜，她的身体太过单薄，那些突如其来的咳嗽，总能把她震荡得苦不堪言。

外婆终于走了。他再也无法忘却那个灰蒙蒙的清晨，他在门外一面拾拣着满箩筐的青菜，一面撕心裂肺地叫着外婆。

他不再说话，亦不往人群里张望。甚至，连上课提问到他，他都耷拉着头，一言不发。他不知道，在这个阴雨绵绵的清冷世界里，自己到底还能说些什么。

她得到消息的时候，他已经在教室的角落里憔悴了许多天。她看到，那双在往日神采奕奕的眼睛，正慢慢地、无可避免地黯淡下去。

学校提议将他送到孤儿院去。那样，他既能安心地继续学习，又能开始崭新的生活。他拒绝，用一切极端的方式来宣泄自己的绝望。他只愿就这么静静地，睡在昔日外婆安枕过的床上。

她是唯一一个没有劝慰过他的人。不知怎地，他竟忽然对她萌生出些许好感。他想，她是懂他的。正因为懂他，才会用沉默来与他交流。

她领着他去郊外看雨时，他终于肆无忌惮地哭了出来。他悲咽着说："外婆走的那天，也是这样一个阴云密布的清晨……"

他哭得累了，站在她的大伞下发呆。忽然，她指着天边滚滚的阴云问："孩子，你知道它们曾经都是些什么吗？"

他不知道它们的来历，心里有一丝丝好奇。片刻后，她说："曾经，它们兴许是一朵美丽的流云，一片碧绿的湖泊，但由于不断蒸发，水汽凝聚的缘故，才成了后来的雨云……"

他对这样的理论，并不感兴趣。她终于换了话题："孩子，你说这天上还有太阳吗？"他坚定地摇摇头。是啊，既然下雨，怎么还会有太阳呢？他们为这个无聊的问题发生了争执。最后相约，一定要看到事实的真相。

几个时辰后，乌云散开，刺眼的阳光，从撕裂的缝隙中宣泄而出，照耀着晶莹剔透的万物。

归后，他不顾一切流言，毅然进了孤儿院。他是那么特别。在一群沉郁内向的孩子中，他如同一束温暖的阳光，照亮了众人的双眼。

他将她那天所说的最后一句话，告诉了每一个失去亲人的孩子："蓝天上，总会出现阴云。可每朵阴云的成因，都是因为阳光将大地上的水分凝聚。因此，越黑暗的阴云，就越是饱藏了一颗阳光的心。"

抉择自己的人生

与其他班的孩子比较，我的学生，更擅长或者说更乐于炫耀。他们时常跟外班的同学说，自己的老师是一位知名作家。对于这样的问题，我起初是怀有片刻的窃喜，因为我深深地明白，对于这群娇生惯养的孩子来说，只有自己本身有了地位，所说的话才会拥有分量。

后来，我渐渐发现，自己认为的与孩子们所想的存在差异。他们越发地喜欢拿我来炫耀。毕竟，在这个荒凉的小镇上，整日与文字为伍之人并不多见。

我成了他们的金字招牌。每当他们路过报刊亭，都会习惯性地逗留一会儿，而后，指着有我名字的报刊，挤眉弄眼地说：“瞧！这就是我们老师！”于是，更多的学生开始抱怨——他们开始想，为何我们的作文迟迟没有进步？为何我们不曾有过炫耀的资本？原来，归根结底是因为我们没有一位作家老师。

当陆续有两位同学的家长硬是要将自己的孩子送进我教的班时，我知道，我的形象已在他们心中产生了分歧。更多时候，我不是一位老师，而是一张王牌——一张可以让那些卑微心灵瞬间获得满足的王牌。

我一如既往地踏着铃声走上讲台。我没有像往常一样向他们讲解古文或者诗词，只是简要地问了他们一些问题。

“同学们，你们觉得，我该是一个什么样的人？”当我问出这个问题时，台下顿时乱成一团。有人说，我是一位优秀的作家；也有人说，我是他们的启蒙恩师；甚至有人说，我是学校里最好的老师。

“那我有什么缺点呢？”学生们面面相觑。我知道，我是有很多缺点的人，但是，孩子们并不敢说：譬如，我的严厉和暴躁；再譬如，我那不切实际的清高。

“我是有着很多缺点的。同学们，你们要记住，任何一个伟大的人物，本身都是有着无数缺点的。他们之所以被后人称颂，不是因为他们最后达到了完美，而是因为他们一直在向着完美不断努力。”孩子们凝望着我，鸦雀无声。

“你们想不想离开这个小镇，去看看外面的世界？”我微笑着，用目光扫视着他们天真的脸庞。没有一个孩子告诉我不想；即便是学习成绩最差、家庭条件最为拮据的那个孩子，都热情洋溢地告诉我：“想！”

“那你们打算用几年的时间完成这个短期的目标？”有人说三年，有人说六年；学习最差的一位学生说：“十年。”

“也就是说，顶多十年，你们都会离开这个小镇，奔赴你们人生的战场，去拼搏，去奋斗，对吗？”他们异口同声地回答我：“对！”

“是的，你们终归是要离开这个小镇，去寻觅自己人生的价值的。那么，这也就代表着，我与你们，迟早是要分开的。你们要寻求你们来世一遭的意义，我要继续教书育人的生活。你们说对吗？”他们开始有些伤感。我知道，他们与我一样，是那么不舍而又无奈。

“既然这样，老师所取得的不足挂齿的荣耀又能为你们的人生带来什么呢？很遗憾，不能。你们的人生，是属于你们自己的，就像钢笔被牢牢地握在自己手里一样！只有自己去写，去思考，才会有涓涓细流挥于人世。”

那个午后，我觉察到了自己的冷漠。可只有这样，才能让浮躁的他们明白，离自己再近的荣耀，只要不是自己争取来的，都永远不会属于自己。因为再辉煌，或者再落魄的人生，都只能靠自己去抉择。

查一路

安徽怀宁人，专栏作家，畅销书作家，高校副教授，《读者》等期刊签约作家，数家门户网站特约撰稿人。迄今为止，在海内外报刊发表及转载作品三千余篇次，计六百余万字。作品入选散文、随笔、小小说类各年度年选和百余种图书。出版随笔集六部，曾获冰心文学奖及其他文学奖项多次。作品在全国青年读者中具有较大影响，多篇文章入选中学、大学教材和中考、高考试卷。有评论称其作品“语言隽永、风格唯美、内容深刻、表述睿智”。

阳光手指

儿子放学回家，对我说："老师今天摸了我的头。"我正在赶一篇教育教学方面的论文，没工夫答理他："摸了就摸了嘛！"儿子似乎有许多话要说，心有不甘地走出了书房。

躺在床上，儿子忽然爬起来说："老师今天摸了我的头。"我知道我若是不搭茬，他不会让我清静。于是只好问他被摸的感受。儿子说，感受说不清，只是感受特别好。我启发他打个比喻，儿子抓耳挠腮了半天，说："老师的手指像阳光一样，很暖。"老师的手指像阳光？我还从没听说过这个比喻，感觉很新鲜。

被老师摸了一下头，就有这样美好的感受？不过这以后，儿子开始背唐诗，翻成语词典，东鳞西爪地粘贴美好词句把它们拼成作文。一天，我翻开他的日记，里面竟然有一首"诗"。

老师的手指是金的
像阳光一样
它放在我的脑壳上
它能说话
说了好些没有说出来的话
我心里都听懂了

或许老师是意味深长地摸了他的头，或许老师只是不经意地摸了他的头。不管经意还是不经意，一个孩子的心里起了那么大的波澜。我灵光一闪，似乎找到了我正在写的那篇教育论文立论的角度。

许多老师的面孔是呆板和严肃的，好像不如此就不能维护为师的尊严；他们也唯恐不能让学生惧怕。许多老师，见了学生就不会笑，唯恐一笑就放纵了学生的戏谑和打闹，给了学生以可乘之机。常常听到一些孩子说："我的老师不会笑！"这是多大的悲哀啊！

老师的手指，一生用来握粉笔、挥教鞭，他们往往忘记了这双手也是可以传递慈爱的。偶尔放下干枯的粉笔、严肃的教鞭，摸一摸学生的头，一个无声的动作，阳光就会撒进学生的心里。撒在学生心里的温情阳光，往往比没有感情的粉笔、教鞭、课本和教具，更有教育效果。

成功没有"意外"

一次同学聚会，白发的老师将他的一群学生召集到身边说："以前你们在校时，是我说、你们听，现在请你们说、我来听。"

说得最多的当然是这几十年如何打拼，如何经营自己的人生。一位官至处级干部的同学当仁不让，他说，自己一度怀才不遇，后来意外地遇上一次县处级干部公开招考，他以最后一名的笔试成绩进入面试。本来认为没有希望，可是还是精心准备，结果一鸣惊人，超常发挥，出色的演讲打动了在场的所有评委。意外地，他以笔试最后一名的成绩作为唯一的被录取者到了现在的岗位。

他的“意外”抛砖引玉。一位经商的同学说，商海沉浮多年，他的生意一直做不大。后来，他意外地接触到一笔风险很大的投资，他决定破釜沉舟，赌上一把。结果他意外地发了一笔大财，把以前的有限公司变成了目前的集团公司。

一位现在已是某名校教授的同学接过话茬。他以前学术研究水平平平，几乎要被学校淘汰。后来，他把眼光转向一个冷门课题，终于“爆了个冷门”。目前那个冷门已经变成了热门。他意外地由讲师破格晋升为教授。

……

“意外”从一名又一名同学口中说出，这些同学的脸上无一例外地都荡漾着成功的微笑。

老师最后做总结：“你们说的‘意外’，是幸运之神的微笑，是命运之神的亲吻。‘意外’给人成功的机会，但是不是成功就依赖‘意外’呢？因为你们成功后的唯一感受是两个字：真玄！”

一位坐在屋角的同学一直没有说话。老师把目光转向了他。他羞涩地笑笑：“我确实没有什么好说的。”老师坚持着：“没什么好说的也要说说。”

这位同学嗫嚅了半天，终于开了口：“我一出校门就开大客车，十几年如一日也没遇上什么幸运的‘意外’，所以没有成功。”顿了顿，他又补充说：“当然我的职业不允许出现什么‘意外’。早晨我开着车出去，整天小心翼翼，晚上平平安安地回家，十几年算起来拉了几万个客人，也没出现什么不幸的‘意外’。”

老师欣慰地笑了："你幸亏没有一次'意外'，有一次都不行。你的成功才是真正的成功。意外并不总是给人带来鲜花和微笑以及幸运之神的垂青；'意外'也有可能导致樯倾楫摧、情势危如累卵或者生命花容失色。没有地位、财富和职称，人可以照样生活；而没有了生命，这个世界就失去了意义。你的成功在于没有一次'意外'，不但保住了自己的平安，而且保住了数万名旅客的平安。还有什么样的成功大过这样的成功啊！"

往往，没有"意外"的成功，才是平平安安、踏踏实实并且令人放心的成功。"意外"只是涣散的沙滩，偶然会捡拾到美丽的贝壳，但是成功的大厦，不可建于其上，否则，将危机四伏。

雕成根雕再出售

那时，他的目光只搜寻那些又大又粗的树根。十八岁的他，高考落榜后就无所事事，他的目光在屋后的这道山梁翻来翻去。他有的是力气，树根周围的浮土，在他的锄头下翻飞。又粗又大的树桩，别人挖五个，他能挖十个。他家门前的树桩堆得像一座山。可是，树根再多，毕竟还是树根。

乡下的树桩只用来烧火，累一个季节，大多不过让冬天的火盆旺一点儿。后来，他去了城里。到了城里才知道，树桩不仅可以用来烧火，还可以碾碎用来做人造板。他把树桩运进了城，门前的树桩搬空了。这时他发现，卖掉的树桩，一个的价值抵原来堆在门前的十个。可是，树根虽然卖了，毕竟还是被当作树根卖。

后来，他从书上得知，有一种艺术叫根雕。于是，他开始向乡人们挑选、收购从山上挖来的树根。那些有型有款的树根堆满了门前的空地，有些像狮子，有些像老虎，有些像仙鹤。他把这些整理成半成品卖了，树根也不再是树根，其价格是树根的上百倍。

这时，他坐在门前，看着形态各异的树根发呆，那些像老虎像仙鹤的树根，只是有那么一点儿像老虎像仙鹤的意思，如果不经过整形，他们成不了老虎和仙鹤；而成为老虎和仙鹤又是这些树根终极的价值。这样想着，他又改变了主意。一年后，他办起了自己的根雕工艺品厂，当年的利润就近百万。

这是我的一位工艺品厂老板朋友告诉我的关于他自己的经历。与此相印证的，是一则在商海流传很广的故事。

有个艺人举着一块价值九美元的铜块在大街上叫卖二十八万美元。理由是，如果制成门柄，价值可升为二十一美元；制成工艺品，能提升到三百美元；制成纪念币，可达到二十八万美元。华尔街的一位金融家为其解说所动，铜块最终制成某艺术大师纪念像，价值真的一跃升值到二十八万美元。

世间的铜块数不胜数，成为纪念像的终究只有那么几块，这故事无疑被赋予了太多理想化的色彩。

如果人生是一块铜块，让它成为纪念像，需要机遇和幸运。而把树根雕成根雕，需要的则是眼光和智慧。为无形造型，定型之前，人生永远是半成品，就像一块树根。经营人生需要做的，不是简单地就把自己当树根卖了，而是关起门来，苦心构思，精雕细琢，把树根雕刻成根雕再出售。

只放一只羊

世界零售业航母——“阿尔迪”，目前身价已达到四百亿欧元，成为世界上最大的批发商，每年购买的单件商品的总价值超过三千万欧元，名噪一时的沃尔玛只及它的二十分之一。这多少有点儿出乎人们的意料。

阿尔迪从一个三流小店发展成为世界上最成功的零售商，并以其同行无可比拟的业绩，成为业界的奇迹，有人说：“阿尔迪是西方世界经营哲学的标志性成功。”显然，后来居上的阿尔迪以其巨大的成功屏蔽了对手沃尔玛昔日的辉煌。

无数的人们想知道“阿尔迪”成功的秘诀。人们猜想阿尔迪一定会把它的营销方案隐藏起来，作为商业机密的一部分。不料，阿尔迪恰恰公布了它的所有资料，以供人们研究。

至今，对于沃尔玛的成功，我还清晰地记得它的某个细节。它对员工的管理，有一套科学的、细化的系统。比如，它要求店员对顾客微笑；不但微笑，而且要求微笑要露出八颗牙。沃尔玛的管理以专业性强和精密细致著称于世。

而阿尔迪恰恰相反。阿尔迪公开了所有的营销方案，人们反复研究，却无法模仿，因为阿尔迪成功的秘诀只有两个字——简单。最简单也就意味着最难模仿。当世界被一些人弄得越来越复杂的时候，“简单”——恰恰成了阿尔迪用来战胜“复杂”的法宝。

弗兰茨·卡夫卡说：“不要把时间浪费在隐藏着的奥秘上，或许原来本没有什么奥秘。”阿尔迪的奥秘，可能就是这世间最显露、最简单的奥秘。阿尔迪的管理，形象地说来就是：“如果你的能力和经验只能放一只羊，你就不要去放一群羊。”

这个道理很浅显，世间明白这个道理的人数不胜数，可是能做到这一点的人却寥寥无几。通常人们普遍的心态是，既然放了一只，何不再去放一只，何不扩大到一群？

“只放一只羊”——需要人们客观地面对自己的能力和经验，克服内心的贪欲。无论是在商界还是在其他社会领域，“放一群羊”式的扩张心态，成为导致许多人失败的心理毒瘤。多少曾经的风云人物，也正是栽在了追逐“放一群羊”的荒原上。

人生最重要的盘算往往在于，要明白自己——能放几只羊，而目前又放了几只羊？

把黑暗甩在身后

英国盲人长跑选手，五十岁的希利宣布：他计划利用七天时间，在七大洲跑马拉松。

这是一项惊人的壮举。马拉松，对于常人来说，都是对于毅力和耐力的艰苦磨炼。如果有毅力和耐心加上很好的体力，常人总可以坚持向前。可是，希利的道路是黑暗的。我们看到的在道边行走的盲人，是一步一步探索着前进。而希利需要奔跑。他每一刻的奔跑，都需要导盲犬卡尔及一个四人支援队的陪同。可以想象奔跑对于希利来说是多么困难。

希利来自英格兰中部西布罗姆维奇市，他天生患有眼疾，至十六岁时双目完全失明。希利最大的敌人是黑暗。于是，希利就跟黑暗比赛，他要把黑暗甩在身后。他开始练习长跑。

对希利来说，战胜对手并不重要，重要的是战胜自己。他未必能把对手甩在身后，但却一定要把黑暗甩在身后。后来他参加铁人三项赛，并且意外地多次在马拉松比赛中取得好成绩。如今的希利已是一名经验丰富的马拉松高手。在过去十年里，他共参加了七次马拉松比赛，包括在伦敦跑了六次。

对于未来的七天，希利做了周密的计划，于 4 月 7 日自南大西洋的福克兰群岛（阿根廷称马尔维纳斯群岛）出发，之后会在同一天飞往智利首都圣地亚哥进行次阶段的马拉松。接着会在洛杉矶、悉尼、迪拜及突尼斯跑马拉松，最后于 4 月 13 日在伦敦完成最后一站的马拉松。

我不知道希利能否最终实现自己的计划，也不知道媒体会不会直播这一壮举。对于风云变幻的世界来说，这可能并不是一件大事。可是，对于希利来说，这的确是一件惊天动地的大事。就生命的意义而言，这是一个残缺的个体通过不息的精神向自身极限发出的强有力冲击。

我记住了这位盲人长跑选手向属于别人的明亮世界发出的宣言："我知道我最后会筋疲力尽，但我决定参加伦敦的马拉松，因为奖牌会是今年特别的礼物。"他要在奔跑中让平庸的时间有意义地流逝，心中永存目标，并且由目标激发高昂的激情。

奔跑——是这个世界上所有生物最雄壮的姿势，奔跑着的前方有无限辽阔的壮美。心有多宽，跑道就有多宽。身处黑暗，那就用雄心征服黑暗，并且把黑暗远远甩在身后。

给忍耐一个目标

在一个陌生的城市游玩。一天，我与儿子在一家大型超市转了一会儿。我在走出出口时，发现儿子不见了。我找遍了超市，又去周边的几条街道找了很久，仍不见儿子。我焦急得心都要飞出来了，一想，还是再去那家超市看看。在超市门口，儿子惊喜地扑了过来。

儿子和我走散后，也去附近的几条街道找我；最终他想，最好的办法还是在原地等我。

我问他，这么热的天，为什么不进到超市的里面，那里有凉风习习的空调。儿子说站在门口可以看见四面八方来的人，每一个迎面走来的人都有可能是他的目标。

我心疼不已，这几个小时他是怎么过来的？恐惧、焦灼、难过，又站在太阳底下被烈日烤晒。若在平时，他的耐力最多只能支持他站上几分钟。儿子说："我没有想到'忍耐'这个词，我只想着尽快见到你，时间就很快过去了。"

不由得，我想起了前不久在书中看到的一则拳坛轶事。有一位著名的拳击手，出道之初的他在一次比赛中被人打得晕头转向，观看比赛的所有人都担心他会中途倒下。可是出人意料，他承受了暴雨般的重拳猛击，支撑着打完了全场比赛。观众把更多的掌声献给了他，而不是那位获胜者。

事后记者问他："不可思议，你是怎么从第二回合开始，一直坚持忍耐到最后？"拳手觉得奇怪："我没有忍耐呀！我只想着'防御'和'攻击'，当时我的脑海中根本就没有'忍耐'这个意识闪现。"

没有想到忍耐，才是能够"忍耐"下去的唯一理由。

最近，友人从南非回来。在南非旅游观光期间，他曾慕名前往曾囚禁曼德拉的囚室瞻仰。他用手比比画画，形容囚室的小。比划不清时，他拽我到了卫生间，指着说，就这么大！朋友喃喃自语："无法想象一个人几十年被囚禁在一间几平方米的小屋而没有精神崩溃，伟人就是伟人！"

我想，曼德拉的视线一定不能穿越四壁，但是他却将目光投向了国家未来的民主政治。否则，几十年如一日地面对几平方米的囚笼，不崩溃也会成为白痴。

给忍耐一个目标，生活将苦尽甘来。

和父亲掰手腕

每个男孩子的面前，都站立着一个强大的父亲。父亲——是现实意义的，又是精神层面的。男孩子征服世界的欲望，从战胜父亲开始。

儿时，我喜欢与父亲掰手腕。总是想象父亲的手腕被自己摁在桌上，一丝不能动弹，从而在虚幻中产生满心的喜悦。

可是，事实上，父亲轻轻一转手腕，就将我的手腕压在桌上。他干这些事时轻而易举，像抹去蛛丝一样轻松。直到我面红耳赤、欲哭无泪，父亲才心满意足收兵罢休。

本想得到父亲的宽慰，可是父亲每每都将我暴损一通。他指着门前的一棵树："臭小子，想跟我较劲，除非你能将门前的那棵树掰弯。"

于是，我从十岁一直掰到十三岁。开始时那棵树纹丝不动，渐渐地树叶乱晃，直到后来树向我弯腰臣服。期间，有与父亲的"明争"，更有与树的"暗斗"。直到有一天，我竖起胳膊，意外地发现自己瘦瘦的如丝瓜般的胳膊上，竟长出了肱二头肌。

我喜出望外，庄严地举起瘦瘦的胳膊，向父亲发出挑战。我一点点地将父亲的手腕压下去。到了关键时刻，顷刻间，父亲故伎重演，终于又将我的手腕压了下去。

这次，我沮丧得哭出声来。我母亲走过来，问我父亲：“你比孩子大还是比孩子小？你就不能让他赢一次？”

“让他？”父亲翻翻眼睛，“除了我能让他一次，这个世界上没有第二个傻瓜会给对手一次赢自己的机会。”

当我的力量足够强大时，父亲却在我十三岁那年早早地病故了。这十几年来，我没少跟一些人和事掰手腕。与时间，与困境，与失败，与沮丧，甚至与自己。时而输也时而赢。靠的全是信心、毅力、耐力和实力来说话。没有一次心存侥幸，赢得明白，输得坦然。因为，心里一直明白，即便是自己的父亲，一旦成为对手，他都想赢你。

这个世界上，还有谁愿意输给你，哪怕是一次！

三只兔子不可追

儿时，我家住在一个乡村学校。我们姐弟三人，跟着乡村的孩子捕鱼捞虾，我父亲端起我们捞的一盆鱼虾，全掀翻在河沟里；我们跟着其他的孩子上山打柴，我父亲一把火，将那堆柴火化为浓烟和灰烬。

其实，那时我们家并不富裕。父亲在这样做之后，总恶狠狠地留下一句话：将军路上不追兔！对父亲乖张的行为，我们大惑不解，我大姐翻着白眼：“我们没有追兔子呀？”我二姐挠挠头说：“何况我们又不是将军！”我们姐弟三人都不理解父亲这句话的意思。

后来，父亲给我们讲了一个楚王打猎的故事。

在狩猎的现场，一只兔子从草丛中窜出，楚王弯弓搭箭，正要射猎时，忽然从他的左边跳出一只山羊，于是他把箭头对准了山羊。正在此时，右边又跳出一只梅花鹿。楚王又重新掉转箭头对准了梅花鹿。忽然从树梢飞出了一只珍贵的苍鹰。楚王最终选择了苍鹰，待要瞄准时，苍鹰已迅速在空中划过一道弧线远遁而去。待到楚王回过头来找其他的猎物时，前面的目标早已无迹可寻。楚王拿着箭比画了半天，结果一无所获。

听了这个故事，姐弟三人才明白父亲前面说的话。自此，姐弟三人心无旁骛，终以优异的成绩完成学业。

大学时代，一位学术成就很高的老师，深有感触地现身说法："人生有三只兔子不可追。少儿时代，教室之外嬉戏玩耍是一只诱人的兔子，你若去追赶它，它就带给你荒废的一生；青年时代，校园之外名利富贵是一只诱人的兔子，你若去追赶它，它就带给你虚荣的一生；中年时代，社会之上灯红酒绿是一只诱人的兔子，你若去追赶它，它就带给你堕落的一生。"

我的老师学贯中西、名满天下，他对我们说："你们别羡慕我。在人生之秋收获丰硕的成果，说难也难，说容易也容易，只要抵挡住诱惑，不去追那三只兔子，业绩往往水到渠成。"

与其挖许多井，不如挖一口最深的井。放弃多个目标是为了突出放大一个目标。何况，没有一只兔子在正道上奔跑。所以，当你要赶路时，不要被草丛中窜来窜去的兔子弄得眼花缭乱，从而偏离了前进方向；记着自己是在赶路，唯一要干的是：看脚下，看前方。

他的肩膀是你的高度

美国加利福尼亚大学的学者曾做过这样一个实验：把六只猴子分别关在三间空房子里，每个房间两只。每个房间里分别放着一定的食物，但放的位置高度不一样。

第一个房间食物就放在地上，第二个房间的食物挂在屋顶，第三个房间的食物则分别从易到难挂在不同的高度上。

几天后，打开房间发现，六只猴子的生存状况迥异：第一个房间里的猴子一死一伤，第二个房间里的猴子全死了，唯有第三个房间里的猴子安然无恙。

原因不难明白。第一个房间里的食物唾手可得，激起猴子们膨胀的私欲，让他们大动干戈，结果非死即伤；第二个房间里的食物挂在屋顶高不可攀，让两只猴子在无望中互相感染着悲观的情绪，彼此孤立地在饥饿和绝望中死去。

只有在第三个房间里的猴子，在独立跳跃取食失败后，同时想到了对方，采用了“叠罗汉”的方式取得食物，猴子也在合作中发现了一种新的高度，这种高度让他们饱食、生存。以至于后来离开这个房间，他们仍然相亲相爱。

其实，人与人相处，有类似于上面这六只猴子的景况。互相争斗或相互孤立，都会加速灾难的来临。每个人都有自己的优势和局限。当感觉到自己的高度不够时，借出你的肩膀就会给你赢得新的高度。

你的存在，无形中就成了他人存在的重要前提。当困难来临时，需要记住的是：你需要他的肩膀，他需要你的高度。

听泥土说话

儿子失败了，带着沮丧从那个城市回来。母亲是个哑巴，从菜园里回来，见了儿子就明白了一切，用手比画着，又觉得比画不清。于是，她将准备放下的锄头又拾起来，挖了一块土递给儿子。

这一夜，儿子没睡。月光照在方桌上，方桌上放着那块泥土。儿子望着泥土出神。后来，他仿佛感觉到泥土在跟他说话。是啊，没什么大不了的，就算输光了一切，家乡的泥土输不掉。就算不被任何城市收留，这块泥土会接纳他。就算失败如影相随，只要是块泥土，播下种子总有发芽的机会。

儿子看着泥土对着月光想了一夜。

带上那把泥土重新上路。儿子的心如泥土般踏实，性格如泥土般坚韧，待人如泥土般诚恳，为人如泥土般坦荡。

十年的挣扎、打拼，儿子成功了。他一身光亮地从城里回来，双眼望天，意气风发。母亲从菜园回来，比十年前苍老了许多。儿子接过母亲的锄头，埋怨母亲："您老这是何苦？这锄头您今后再也用不上了。"说完就要把锄头扔掉。

母亲比比画画，感觉到比画不清时，又把锄头重新拾起来，挖了一块土，送给儿子。

一如十年前的那个夜晚，月光照亮了儿子屋里的小方桌和方桌上这块新的泥土。眼前的情景让儿子想了又想，又和泥土对了一夜的话。泥土永远处在低处，所以不会从高处落下来，跌得很痛。月光下，只有泥土黑漆漆一片，它不以光亮示人；它的光芒永在内心，所以才有质朴浑厚的力量。泥土不会因为身处山峰而自傲，也不会因为身处低谷而自卑。每一块泥土都很自然、平静、从容，所以才如此博大。

第二天，儿子走了，带着深深的羞愧。

从此，儿子处世如泥土般低调，性情如泥土般内敛，为人如泥土般虚心，对待成败得失亦如泥土般自然、平静和从容。

几年之后，与儿子同时发迹的伙伴，三三两两地从很高的位置掉了下去，跌得很痛。只有儿子一步一步走得很稳。

“发迹之后，我扔掉了那把土。不过，好在失败之前，母亲又送给了我这把土。”眼前的朋友认真地对我说，“如果再把这把土扔了，就等于扔掉了我的整个人生。”